U0035126

✦ 善用語言元素及知識 ✦

英文聽說快N倍

黃淑鴻

著

自序

　　不少學習語文的資源提倡看電影學英文，或看日劇學日文等說法，這樣的說法不外希望學習語文與娛樂結合。的確，學習語文本來就是可以與娛樂結合，絕對可以快樂學習！

　　本冊增加趣味性，引用影視資源與生活小故事說明標題主旨，讓每一單元的每一主題變得有趣，希望讀者較容易抓住要領。

　　本系列第一冊《善用語言元素及知識，英文學習快N倍》（本書所稱的「第一冊」即為此書）以三個單元：語言元素，語言知識與文化與語言，說明如何學習英語文N倍快；本書一樣以三個單元帶讀者進入進階版：第一單元「語言元素」，說明聽與說、讀與寫與學習英語文的關係。以口試為例，讓讀者認識唸讀英語文時，需要注意單字與句子前後文與其他單字的關係，以及口說能力與聽力之間的關係；其次以實例說明文字在視覺上如何影響英語文的書寫學習。第二單元「語言知識」，採用影視資源說明英語文知識，並利用影音資源說明句型與片語，其次是說明學習外語的過程與學習母語的差異，藉由語言知識說明外語學習的認知。第三個單元「文化與

語言」，說明學習語言與文化是同步進行，如簡單的肢體語言、生活飲食習俗都是文化的一角，學習語言不該侷限於實體的語言文字，本單元希望破除表層語文學習，將讀者引入另一境界──進級學習英語文。

目 次

第三單元　文化與語言

語言元素

如果讀者有參加英語演講比賽或參加英語口試的經驗，是否認為：

英語演講需唱作俱佳？

英語口試就是說英語，說溜一點就行了？發音正確就行？

讀者是否參加過聽力測驗？每天聽十分鐘！勤練聽力？每次經驗都是：

題目都說太快了！來不及聽啊！

考題還沒看完，又接下一題，眼睛耳朵全抽筋！

考題就黏踢踢，全部糾在一起！

考題比機關槍還快，每個字像子彈般的掃過來！

朗讀文章或口語表達當然發音正確性是很重要，但單字與前後文的關係，還有文法或規則一樣影響口語表達；句子與

片語、相關語音知識不但可將句子文章順暢流利唸出，還有語音知識幫助說話者如何標示重點，讓聽者理解如何選取重點。所以，不是單字發音正確即可，相對的，說地流利，語調有輕重，當然聽的功力也會增加，既然知道哪裡需要說的有輕重，自然知道考聽力時哪裡抓重點，所以聽與說是相輔相成。

聽力考題太快了！

每次考聽力的時候，筆者常聽到學生抱怨：

老師，考題太快了！

老師，來不及聽！再放一次！

要不然就是：

太小聲了！

聽不到！

聽不清楚！

即使筆者把音量轉到最大聲了，讓抱怨的同學坐第一排，依然抱怨連連！

學生期望的是：考聽力時，聽到的題目如看書面句子一樣，每個字清清楚楚，鏗然有聲，一個字一個字的說，不要藕斷絲連，也不要像說話一樣，唏哩呼哩的過去。

所以當考題像機關槍式的射出時，他們還在腦袋裡逐

「字」搜尋，不是逐「句」搜尋。好不容易抓到聽懂的單字，題目已過了好幾題，當然來不及跟上考題，所以學生老是說：太快了！太小聲了！

如果逐字搜尋，都找不到熟悉的單字，聽不懂big words（長一點的字）或生字，學生就抱怨說：聽不清楚！聽不到！然後怪放題目的播放機不好。

這樣的現象與其說學生的聽力問題，不如說是學生對於「聽」的期望：

> 每個題目像演講，字字咬字清晰。
> 每一題都是唸書速度，字正腔圓，慢慢道來！

可是聽力測驗題目很多都是對話，而且都是以英語為母語一般說話速度，甚至會有滑音，連音與省略。舉例說明，好比在台灣日常中，一般生活對話裡很多人會說：「就醬」，而不是：「就這樣子」。別說「這」字沒有捲舌，根本省了。對不熟悉這種說話方式的老外，如果尚在學習華語，可能也會說：太快了！

期望與學習方式

學生會有這樣的期望也許與學習的過程、學習的方式有關。大部分台灣的學生學外語，很注重單字；因為，不管文章

或句子都是單字組成。而在學校老師也會把單字每個字唸讀很多次，以便幫助學生記住發音。所以學生很容易將以下句子唸成：

It　（暫停）　is　（暫停）　a　（暫停）　book.

嚴格說，也沒有錯，唸書就是要這樣，要把單字唸清楚；何況對很多學生看到每個字中間有空格，自然就會停下來。

學習外語時，母語多少占一席之地，最主要的是在台灣沒有英語文的語言環境，學習者的學習策略只能類推，在台灣的學生就用國語類推到英語，如在中文裡如果字與字之間有空格，唸、讀時通常會停頓或至少是暫停。例如交通宣導的標語：

停（暫停）　，　聽（暫停）　，　看（暫停）　！

還有可能加上呼吸，因此唸、讀、說英語文就像唸讀中文句子，鏗然有聲。不過英語很多口語表達都要視情境而決定：說得字字分明，鏗然有聲，為了鼓動群眾；還是輕聲細語，是為了情話綿綿；或者是藕斷絲連，喃喃自語；或者熟悉好友閒話家常，說話是省三略四。

所有學過英語的人都知道老師常會強調連音，就是唸、讀、說英語文時，有時候需要藕斷絲連，不能一刀兩斷。例如以這詞not at all要一氣呵成，而且要唸成此像no – ta – tall，對

有些學生很不習慣，總是喜歡一個單字一個單字分開唸；有些同學雖然可以做到，而且還很順溜，不過是不是知道原由，就不得而知了。

　　無論是口語練習與聽力練習都要習慣「連音」，不管是「聽」，還是「說」，方能聽得好，說的好。

朗讀口試是一片蛋糕？

　　對於八年級生而言，很多學生對於英語口語能力還不錯，因此對口試項目之一的「朗讀」可能都認為是：

A piece of cake!

（一片蛋糕！很容易，像吃蛋糕一樣容易！）

　　當他們碰到挫折時，殺傷力通常都很強烈。因此筆者被學生詢問多次，如何面對這些競賽與考試？筆者很多次當口試評審，舉凡演講、朗讀、律動等競賽與入學口試。常常看到有些學生能力很強或動機很好，或有些學生很努力，很用心，也自認做很多功課，可是還無法達到預計的目標。

　　針對「朗讀」一項考試方式，綜合多年來的經驗，參加英語口試的考生大約可以分成四類：自信型、小心翼翼型、融入型與普通型。

一、考生類型

以下針對朗讀口試項目分為四種考生。

（一）自信型

有些八年級生尤其是從小就讀美語補習班，英語文程度相當不錯，口語能力絕對可以與外籍老師閒話家常。這些很有自信的考生通常面對口語朗讀這種考試，一定毫無疑問，一口氣哇啦哇啦，很快地將眼前的試題說完了。

這類型的考生快速說話方式，讓評審無法判斷考生態度與應考方式是否適當？畢竟是正式考試，將朗讀變成口語說話方式，很溜地說完了，是否恰當？

（二）小心翼翼型

有些考生可能緊張，於是小心翼翼應考，心想既然是英語口試，就是考發音嘛，那就應該把每個字的發音清楚地發出來。因此像唸單字表一樣，把試題上的每一個字，一個一個很努力的唸，甚至每唸一個字都要把嘴型調整到最佳狀態，才把下一個字唸出來。

這樣的方式朗讀，很難表達朗讀文章的流暢或流利度；其次，極可能無法將考題在規定時間範圍內唸完考題，因此被扣分，自然又輸了好幾分。

（三）融入型

有些學生為了表示自己對試題的理解，於是融入個人的情緒，加入肢體語言，例如搖頭晃腦地唸讀試題。有時候考題也可能是一篇短篇故事，考生為了表達自己的語文能力，將自己對文字的解讀加入戲劇聲效，讓他的口語考試如同演員參加戲劇試鏡，唱作俱佳，把試題表演完畢。

這樣的表演方式也會帶來評審委員的煩惱，因為表演方式干擾口語的正確表達程度。

（四）普通型

這類型的學生就是以平常心來應考，平順地把試題，簡單的、清楚的像一般唸書一樣的平平地唸出試題。

二、為什麼考朗讀？

讀者或考生一定問：為什麼考朗讀？這麼簡單？

或以為：英語口試朗讀，就是考發音。

朗讀顧名思義是大聲讀，不是大聲說話。這就是「讀」與「說」不同的地方。

（一）朗讀的重要性

　　有些學校或公司行號考試項目之一是朗讀一篇文章。這種方式當然是考考生的發音，不過千萬別以為只是考英語發音。英語口試除了考學生的英語發音與聲調正確性外，還考學生的英語程度。因讀文章除了須咬字清晰，發音正確外，還須顧及文義，這項考試是另類考考生的閱讀能力，因為考生須真正理解文章除了唸出聲，還要辭句達意。

（二）從朗讀文章看出英語程度

1. 別說是口試，讀者試想唸讀課本時，當碰到生字時，是不是會停下來？所以口試時最明顯的就是當考生碰到不認識的單字或不確定發音的字，一定停下來。或唸過去，自我察覺不對，又回頭再唸一次。甚至有人會用自然拼讀法嘗試很多次，這些現象都呈現考生的英語文程度。

2. 碰到不明白或不確定句意的時候，考生一定唸得不順暢或口齒不清，因為考生的大腦還在處理眼睛所看到的字詞，但是眼睛還要繼續下面的文字，因此無法專注；當大腦無法同時指揮嘴巴與眼睛，於是節奏大亂。這樣的語無倫次的口語表現，也呈現了學生的語文程度。

三、朗讀的目的

考朗讀的目的有三項：口語音調的流利度（intonation）、文意理解與語文知識。這三項無法切割，讀者須了解文意才能將文字讀出正確的音調，也就是讀者須知文中的重點在哪個片語或重點字，才能將音調調到位。例如以下面的句子為例：

John got off [1] the bus and handed an envelop to Peter.
（約翰下公車後，把一個信封交給比得。）

（一）口語的流利度

如果是第一類信心型的考生，很快速的唸，像趕火車似的，把the滑過去，把handed的-ed吃掉，快速的讓委員們追，甚至不確定有沒有聽到the或-ed，這樣的口語說話方式不一定有加分效果。

如果是的二類小心翼翼型的考生，將以下句子一個個單字慢慢讀，與第一類的正相反，委員只聽到每個音節，每個單字發音，如：

get　　（停頓）　　off　　（停頓）
hand　　（停頓）　　-ed　　（停頓）

---

[1] got off 是複合動詞（two word verb），雖是兩個字但是視為一個單位，重音節放在off，不在got。

委員無法聽到整句的流暢與字句的連結，因為get off是一個片語，需連音不可中斷，而handed是一個字，更不該分開唸。

（二）文義理解

第一種信心型的考生希哩呼嚕的說完了，讓委員們一路追，更人懷疑，真得懂文章內容嗎？如果懂，表達應該有抑揚頓挫，高底起伏以表重點與過場的差別。與上面一項聯結時，考生是否理解這句話的重點在哪裡，以聲調高低表達？

第二種小心型的考生很可能將句中的got off分開來念，甚至將重音又放在got，就很難判斷考生是否了解got off的意思與這個動詞的結構，這種說或讀單字方式，口試委員懷疑考生是否懂整篇文章的句型結構與文章章法。

（三）語文知識

朗讀考試雖然是考口語能力，如果唸讀文章變成唸讀單字，是否也表考生有閱讀障礙？還是該考生還在學習單字階段？考生是否知道這是一篇文章包含很多句子，唸讀句子不是唸單字，這也表示考生的語文知識很欠缺？

不管是一片蛋糕，或是演員試鏡，所有的考試除了正視考試的目的與核心，有正確的態度與認知，才能無往不利！

學生必須了解的就是考試或競賽的目標是什麼？不是拼命三郎式的努力往前衝就夠了，也不是自己能力強就可以了。如

果考試沒有達到理想目的，絕對不是語文能力的問題，是策略上的問題。

019

朗讀口試測閱讀能力

讀者還沒看前篇的文章一定有下列的想法：

朗讀不就是把文章大聲讀出來就好了嗎？

只要每個字發音對了，不就好了嗎？

口試朗讀？不就是考發音嗎？發音正確不就好了嗎？

這樣的想法也不能算錯，既然是口試，發音正確當然是重要項目之一；不過考朗讀還有其他的目的，如評量考生的閱讀能力，如果是朗讀一篇文章，文章不是具脈絡、文義嗎？如果只把每個單字大聲唸出來，沒用口語能力表達考生對文章的脈絡、文義的理解？如此不更使彰顯考生根本不懂他所唸讀的文章？

筆者的學生通常都是英語文學系的學生，他們也會跟一般人一樣的認為考朗讀的目的，只不過她們受四年聽、說、讀、寫的訓練，讓她們不假思索、自然應考，其實是她們都受過不少訓練，因此懂得應用很多策略。

一、如何表達？

前一篇「朗讀口試是一片蛋糕？」提到朗讀也是考閱讀能力，如果考生對考題裡的單字發音、語意、句意、文意，整篇文章閱讀毫無問題，他們唸讀考題一定自然平順，該停的地方會停頓，該強調的字，當然大聲且清楚，抑揚頓挫也很順暢。

反之，如果單字不會，發音當然不對，當不清楚字彙、文義，自然音調、節奏也就不順暢；別說整篇文章，可能每一句令人聽起來就是零亂不堪！

以下舉例說明。

> Written[1] with[2] Holme's[3] customary[4] enthusiasm[5], the[6] book[7] is[8] divided[9] into[10] three[11] sections[12] which…

狀況一

程度好又過度有自信的學生常常喜歡一口氣唸，不理會第五個後面的逗點，到了第八、九、十個字（畫線）時，沒氣了只好停，如果隨便停，會造成什麼結果？把動詞片語is divided into切斷了，也就是切斷文義，這表示唸的人根本不知哪幾個字組成一個片語。

片語是一個單元，不可切割地，當然唸讀時，絕對不可以停中間任何位置。正確方式將在下一節說明。

狀況二

對字彙發音較沒保握的學生，看到第四與第五個字時，因為是生字，大部分的考生會停頓。然後可能很小聲地隨便唸。或者亂唸。不管是停頓，或唸錯也表示學生的字彙不足，當然造成閱讀與唸讀問題。

狀況三

有些學生拼讀能力不錯，可以拼讀不認識的字，但這個能力只能應付表面。也就是可以把單字拼讀出來，但重音可能放錯位置，例如第五個字的重音不在地一節，如果考生是用猜地，那會放在哪裡？如果文章長，生字太多時，考生就越來越心虛，當然節奏大亂，開始出現語無倫次。

二、正確的方式

說話時不像文字可以用符號來表示，因此說話最大的標點符號是停頓或暫停。例如：當說完一個句子時，通常都會停一下，再接續下一句。所以停頓或暫停是口語的標點符號。

唸讀文章時如果中氣十足，一個句子一口氣唸完當然很好。如果句子很長，需要停頓換氣，原則有兩個：1.標點符號，2.片語前後。

（一）標點符號

1. 碰到句點一定要停，因為表示一個句子的結束。
2. 碰到標點符號，也要停頓，表示一個句子中的一個區塊。例如，長句中通常包含很多子句與片語，所以用逗點、冒號、分號等標示。

    例如例句中第五個字後面的逗點必須停頓。第三個字（Holme's）的所有格上標逗點不用停頓。

    Written[1] with[2] Holme's[3] customary[4] enthusiasm[5],
    the[6] book[7] is[8] divided[9] into[10] three[11] sections[12] which...

（二）片語前後

1. 片語前後通常可以不停頓，如果句子短，不停也無妨。
2. 如果子句很長，在標點符號與標點符號中間，字很多，須要暫停換氣時，只能停片語前、後，以下例句每一個方塊就是一個片語單位，無論停頓或暫停都只能在方塊與方塊中間。
3. 例如例句中的第二與第三字中間，第五與第六中間，第七與第八字中間，或的十與第十一個字中間。

    Written[1] with[2] Holme's[3] customary[4] enthusiasm[5],
    the[6] book[7] is[8] divided[9] into[10] three[11] sections[12] which...

前面狀況一就是考生到了第五字，不認識時，就自動停下來，所以停錯位置表示兩件事：不認識生字與名詞片。無論發音正確與否，朗讀絕對可以測試閱讀能力與英語文能力。

別人唸讀時，請別偷笑！

　　筆者通常為了讓同學看書，上課時都讓同學輪流唸課本。唯獨這個時候，有些學生是非得看課本中指定的那一章那一段，而且非看不可，並堅持要他們唸出來。要不然，有些學生都是考試時才抱佛腳，才會看書。

　　筆者最怕一種場面，當某一位同學唸課文時，全班同學就開始笑。筆者就瞪那個始作俑者，通常還可以hold著場面，有時候連自己都想笑，實在是不知如何是好。

　　同學唸的怪腔怪調，或同學唸的沒人聽得懂，大家才會偷笑，筆者不怪學生，因為會笑表示同學們耳朵是開機的。

　　沒人聽得懂，通常表示學生唸錯了；腔調怪，通常表示重音不對。不過，這樣的學生不代表他們程度低，有些學生可是排名很前面，因為他們的聽、讀、寫能力比「說」的能力高很多！

　　很多八年級學生說或讀簡單句都沒問題，中長度的句子也不錯，可是碰到長句或長字有些就很難說；比較嚴重的可以說是荒腔走板，怪不得同學會偷笑！

　　這個腔調不對現象出現在很多教學現場，筆者看見很多學

生對多音節字很茫然，因為老師很努力的唸，重複的唸。學生似乎只是像鸚鵡般的跟唸。

　　筆者的學生當了老師，他們也很無奈也反映說：學生跟唸時沒問題，下了課，學生完全忘了是澎恰恰（重音在第一節）？還是恰碰洽（重音在地二節）？下一週上課，又再重複一遍，這種情況有兩種解釋：1.對音節沒概念，2.當然就不知道什麼叫重音。

一、毫無概念？

　　　台灣學生把baby唸成「北鼻」（重音在第二節）

　　　不是「貝比」（重音節在第一節）

　　　1. [beˊbɪ]　（×）　（重音在第二節）

　　　2. [ˊbebɪ]　（✓）　（重音節在第一節）

　　有些學生還能分辨出兩者的不同，但不明白為什麼？這種情況下，筆者就讓她們查語音字典，答案是：重音節在第一節。

　　有一種情況較嚴重的是真的沒概念：有些學生甚至問，有差嗎？他們的想法就是，他們知道是這兩個發音：[be] + [bɪ]，至於唸成上面的1.或2.似乎沒什麼關係！甚至他們還會交叉使用。

二、音節與重音

重音與音節是息息相關，所以先從音節開始解說。英文字很像甘蔗或竹子，一個字可能只有一節，也可能有好幾節，因此有長有短。有些字叫單音節字（顧名思義，就是只有一個音節），有些字叫多音節字（三個或三個音節以上）。

既然有了很多節，就不可能每一節都一樣唸法，如果唸的都一樣，說話就很單調。因此需加點變化，所以多音節的字就標示重音，以示區別。

有了重音，讓唸讀單字、句子或說話時，有了輕、重差別。自然就有了抑揚頓挫，高低起伏，就像國語有句話說：說的比唱的好聽！

相信讀者一定聽過有些人嘴一張開說英文，可以嚇死人，簡直就是老外一樣，好好聽。有些人，怎麼聽都很不順耳。很多人直覺就說intonation（聲調）不對，其實就是「音節與重音」處理不對，沒到位，所以聲調或音調不對！或者是帶腔、帶口音。（進一步解釋請看「音節像甘蔗」篇）

連音的眉角在哪裡？

練習聽力時，筆者給學生的建議：

1. 每次上課，尤其帶耳機上英聽課時，要閉眼睛，只用耳朵聽。

2. 先將聽到的課文或對話，配合課本再讀一次；不要邊看課本邊聽。

3. 視力會勝過聽力，眼睛容易指揮大腦，勝過耳朵指揮大腦。

當然還是有同學很苦惱的對筆者說：那我聽不太懂啊！

如果是這樣，建議先讀課文或對話，再聽。第一次或第二次一定會不習慣。別忘了，考試時，也沒有課本可以看啊！多練習幾次，就習慣了。

有時候，學生還是很認真得對筆者說：老師，我真得很努力聽，也沒有睡著啊！可就聽不出所以然來！題目還是太快了，我的耳朵來不及！

還有些方法可以練習；除了用耳朵，不要用眼睛外，聽力

或口語能力的眉角是聽連音。練習聽連音的原則是：

1. 忽略空格。
2. 跨越單字範圍，重組音節。

這兩個原則一定有學生不習慣，因為大多數人學英語都是從單字學習，再組合成句。以下的建議可以幫助克服這個習慣；不過練習是很重要的功課。

一、忽略空格

唸、讀、說英語文通常是不理會字與字中間的空格，也就是把以下例句的四個字當成一個字看，就是把四個字的句子當成一個四個音節的字讀。

如　　　　　　It is a book.　[ɪ tzə'bʊk].
不要念成　　　　　　　　　[ɪ tz　　ə　　'bʊk].
　　　　　　　　　　　　　　　暫停　　暫停

當然養成這樣的連音習慣還是要多張口，唸出聲，多練習，習慣成自然。不過還是有規則需注意。

二、跨越單字範圍，從新排列組合

提到「連音」，一定很多讀者認為就是把字連在一起就是了。其實連音的規則，沒有那麼簡單。

真正的原則是：書面字母的排列成字的音節規則與口語的音節排列規則不同。如上面的原則一所說的，把單字變成音節，然後把音節重新排列組合。對音節的認識請看「音節像甘蔗」篇。

不管單字原來的子音（C）、母音（V）的排列如何，說話者傾向將每一組音串重新排列成：「子音、母音」的組合，就是CVCV。

每次用下面第一個例子說明時，總有學生說：本來就這樣啊，我會啊！

比較誠實的學生會說：老師這句我會，可是別句就不會了！

她們的答案說明了一個現象：學生可能知其然，不知所以然。

以下以兩個例子說明，請注意語音（子音、母音）的切割：

範例一

```
not              at           all
[n  a  t         æ  t         ɔ  l]
```

如以單字的原音排列是：

子音母音子音　　母音子音　　母音子音。
　C　V　C　　　V　C　　　V　C

　　第一個字符合「子音、母音」的組合，可是第二個單字就不是，第三個單字也不是，而是「母音、子音」。

　　所以將第一個單字的最後一個子音[t]往後移，第二個單字的子音[t]也往後移（如藍色線狀）。

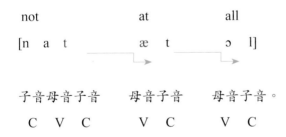

```
not              at           all
[n  a  t         æ  t         ɔ  l]
```

子音母音子音　　母音子音　　母音子音。
　C　V　C　　　V　C　　　V　C

變成下面的：

No			-t a			-t all		
[n	a		t	ə		t	ɔ	l]
子音	母音		子音	母音		子音	母音	子音
→ C	V		C	V		C	V	C

　　將原來not的[t]被切開與後面字at的母音[æ]連成另一音節而且變成[tə]，at的[t]也切開與後面all的母音[ɔ]連成另一音節[tɔl]。

　　為了符合口語連音，語音的組合規則，就要拆解原來的排序，變成at的母音[æ]被弱化成[ə]，最後一組的前面兩個音還是符合子音、母音的原則。請比較反黑的排類組合，與前一頁的排列組合。

　　下面的片語也是同樣的將put的[t]切開與後面字it的母音[ɪ]另組成一音節[tɪ]，原來的it的[t]也往後移，與on重組另一個音節為[tan]依此類推。

範例二

Put it on.單字原音排列，呈現如下：

Put			it			on	
[p	ʊ	t	ɪ	t		a	n]
子音	母音	子音	母音	子音		母音	子音
C	V	C	V	C		V	C

移位：

Put　　　　　　　　it　　　　　on
[p　ʊ　t　　　　　ɪ　t　　　a　n]

子音母音子音　　　母音子音　　　母音子音
C　V　C　　　　V　C　　　　V　C

以連音的「子音、母音」規則重新排列，呈現如下（請比較反黑部分）：

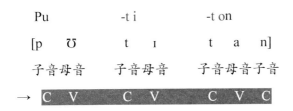

Pu　　　　　　-t i　　　　　-t on
[p　ʊ　　　t　ɪ　　　t　a　n]
子音母音　　　子音母音　　　子音母音子音
→　C　V　　V　C　V　　C　V　C

請注意看，上述箭頭處，無論not at all（CV CV CVC）或 put it on（CV CV CVC）最後的子母音的排列組合（反黑部分）都是相同的。

範例三

第二個字cup的作後一個子音[p]移位與後面第三個字of結合。

a	cup	of	tea[1]
[ə	kʌp	əf	ti]
[ə	'kʌ	pəf	'ti]
V	CV	CVC	CV

因為of（VC）是母音開始，為了符合CV條件，所以須跟前面cup的最後一個子音[p]連，才能變成CVCV的組合。而且重點可以集中在cup與tea；第一個字a與第三個字of都輕輕帶過。

這樣的語言規則對於學習外語的人是一項很大的挑戰，因為很多人學習外語都是一個單字一個單字學習，再學習句法規則，將單字組合成句。所以學生說讀英語時都是一個字一個字說讀，如今要把原來的學習單字規則拆開，重新來，還真的不習慣。

除了口語需如此這般的重新排列組合，考聽力時，也要期待這個現象出現，如果可以習慣這種重組的方式，也習慣聽到這樣聲音的排列，那麼考聽力就不會害怕考題太快了，或聽不清楚。當然，改變習慣還是需要時間練習喔！

善用語言元素及知識，英文聽說快N倍

034

---

[1] a cup of tea片語出現在《窈窕淑女》電影中，語音學教授教女主角如何說此句，並教她如何區別出抑揚頓挫。

音節像甘蔗

　　如果讀者認為很多參考書都解釋音節了，為什麼要讀這一本書呢？也許有些參考書沒有說明：聽、說兩個技能與「連音」有關，請讀者再讀前一篇「連音的眉角在哪裡？」

　　很多學生對單字的認知只有字母的排類組合。其實，英文單字的結構分很多種：音素、詞素、音節、重音等。本篇連結前面幾篇先解說音節，讀者如果能多認識單字結構，對背詠單字絕對幫助多多，拼字發音都可以事半功倍。

　　每個單字好比一根甘蔗或竹子，短一點的單字只有一節，長一點有好幾節。怎麼知道有幾節？怎麼算？請看下面分解。

音節的成分

　　　　每一個音節的基本成分：母音（V[1]）。
　　　　附加成分：　　　　　　　子音（C[2]）。

---

[1]　V指母音（vowel）。
[2]　C指子音（consonant）。

計算音節的方式是計算母音有幾個，幾個母音就是幾個音節。一個音節一定有一個母音，可以前面或後面各加子音[1]，或前後都加，或可以都不加。

（一）單音節

單音節顧名思義就是只有一個母音。例如，單字bat只有一個母音[æ]，所以是一個音節單字，也叫單音節單字。再舉例：

1. at	[æt]	在（介係詞）
2. tea	[ti]	茶
3. stop	[stap]	停止
4. thanks	[θæŋks]	謝謝

以上四個字都只有一個紅色的母音，母音前後可能有，也可能沒有子音。請看看子音擺放的位置。

例如：例1.的子音[t]在母音後面；例2.的子音[t]在母音前面；例3.的子音在母音前後都有，而且不只一個，[st]在前面，[p]在後面；例4.的子音在母音前面只有一個[θ]，母音後面有三個[ŋks]。

---

[1] 一個音節的元素包含母音與子音，排列的規矩是：母音前最多三個子音，母音後面最多四個子音。

（二）雙音節

以下的字都是包含兩個紅色的母音，所以是兩個音節[1]。

1. baby	[`be bɪ]	嬰兒
2. bappy	[`hæ pɪ]	快樂
3. homework	[`hom wɚk]	功課
4. monkey	[`mʌŋ kɪ]	猴子

子音數量與位置跟單音節的方式一樣，可能只有一個，如例1.與2.每個音節各一個子音，而且只放在母音前面。

子音也可能在母音前面、後面都出現，如例3；也可能有的母音前後都有，或只有母音前面，如例4.。

（三）三音節

以下舉三個音節的字。請數數母音的數量：以下兩個字都包含了3個紅色的母音，所以是三音節的字。

elephant	[`ɛ lə fənt]	大象
eraser	[ɪ `re sɚ]	橡皮擦

---

[1] 請注意，從雙音節開始，每個框裡都具一個符號「`」，這是KK音標標記重音的紀號，其他語音系統可能方向不同，如由右往左撇。無論方向如何，標記的位置絕對相同。

本章節用紅色的母音與空格來表示幾個音節，也以空格表示音節的區分，這只用視覺上的效果。市面上很多字典都有他們的方式表示，方法是大同小異。

以下舉朗文當代高級辭典與柯柏英漢雙解詞典的單字為例。以下三個字兩本辭典都以小黑點插入字中間以示音節的區隔。

e・ven　　　[ˋivən]　　甚至

e・ver　　　[ˋɛvɚ]　　從來

eve・ry　　　[ˋevrɪ]　　每一

這裡就是解釋：別的參考書都解釋如何數音節了，為什麼要看這一本？

請問：even是要念成1. [ˋiv ən] 還是2. [ˋi vən]

以辭典的區分方式應該是前面念法1.：[ˋiv ən]。不過，讀者覺得呢？好像大家都是唸成後者2.，這是要符合連音的原則。連音的原則請看前一篇「連音眉角在哪裡？」。

重音是什麼？

　　國語以五聲（一聲、二聲、三聲、四聲與輕聲）來區分字的唸讀方式，也是標記抑揚頓挫的方法。英語用重音來區分如何標記語音抑揚頓挫的方法。兩者非常不同，因此很多人唸讀英文或說英語時，如果無法擺脫國語的發聲方式，總是被人說有口音。

　　「重音」顧名思義是指一個字當中哪個「音節」在唸讀時或說話時，聲音較比其他音節較重，或是比其他音節較大聲。

一、怎麼表達重音？

　　重音顧名思義的就是口氣要重、大聲。以下面的單字為例，第一節有標記，表示第一個母音[ε]，要大聲一點，當空氣從肺部出來時，丹田用力把氣擠出來，自然大聲。後面的母音[ɚ]就輕一點，不用力。

　　　　e・ver　　　[`ε・vɚ]

再舉：e・ra・ser [ɪ `re sɚ]（橡皮擦），只有中間一節[re]很大聲，前後兩節都很小聲或輕聲。這樣一來就有輕重差別。

二　重音放哪裡？

每次上語音學時，筆者的學生有以下疑問：

問：重音放哪裡呢？

問：有沒有規則呢？

答：當然有些規則可循：看詞類，看字的結構等。

問：老師，沒有比較簡單方法？

答：有啊！（學生眼睛一亮）查字典！

筆者學生的表情說明：「老師最愛說笑，說來說去，千篇一律就是要教學生查字典嘛！」其實，萬無一失的方法是：查字典，而且字典給的都是最好、最標準的答案。而且現在的學生都愛上網或用手機查，還有語音，按個喇叭，就可以順便聽聽怎麼發音？想聽幾遍都沒問題！不錯，多聽幾遍，如果可以，用耳機聽，注意聽，聽哪一節較大聲！哪一節較輕聲！

但別忘記還要看文字標示，通常單音節沒有標示重音節，反正只有一個，不用比較所以不標示；但是，兩個或兩

個音節以上的字就會標示。如下面的例子中都有個[`]符號標記，符號放哪裡，哪個音節就是重音節。然後再回去核對一下語音。

三、詞類與重音

學生最愛規則，因為只要有了規則就可以舉一反三，這是很好的策略。的確，如果讀者會詞類，學重音自然就可以事半功倍！

判斷重音的規則最快速的方法之一是看詞類。有些可以當名詞也可以當動詞；當不同詞類時，它們的重音不一樣。

在「朗讀口試是一片蛋糕？」篇中提到，朗讀可以看出應考生的閱讀能力。如果考生把重音放錯了，可能性至少有三：1.該生不認識此字？2.該生不知此字是名詞還是動詞？3.該生不知道所唸讀句子的文意？這個方式是不是可以看出考生的閱讀能力？

（一）名詞與動詞

以下舉兩字為例；它們當名詞時，重音在第一節；當它們當動詞時，重音在第二節：

名詞	動詞
1	desert（'dɛ sɚt） 沙漠	desert（dɪ 'sɚt） 逃走，棄守
2	Increase（'ɪn kris） 增加	increase（ɪn 'kris） 增加
3	present（'prɛ zənt） 禮物	present（prɪ 'zɛnt） 表達，顯示

第一例、第三例的名詞意思與動詞意思差很遠，因此，重音不一樣，意思當然差很多！第二例雖然意思都一樣，但是放在句子裡，文意也稍有差異。

（二）形容詞

三個音節的形容詞，重音通常在第一節[1]。

1. beautiful （'bju tɪ fəl）
2. favorite （'fe və rɪt）
3. similar （'sɪ mɪ lə）

中英語文的發聲發音方式不同，因此有些人說話被說有台灣腔或Chinese English。多少難免，畢竟外國人說英語。有些人認為英語說得好是因為有天分或天生伶牙俐嘴。其實，只要多懂一些原由，多一些練習，人人都可以說一口好英語。

---

[1] 字的結構會影響重音的位置，如字根加上不同詞素變成名詞或動詞或形容詞，它的讀音自然連動改變。

書寫是依樣畫葫蘆嗎？

讀者也許認為「書寫」就是依樣畫葫蘆，從符號的層面而言，可以這麼解釋。不過，第一冊中筆者曾提到：大寫是寫大一點嗎？小寫是寫小一點嗎？對於英文符號的視覺認識如果不清楚，即使寫字母都可以反映出學習者對該文字的初步認識是否正確。

大學入學考試國文科要考作文，英文科也要考作文。現行的英語文檢定，「作文」也是考試項目之一；因此無論國文或英文，無論哪個階段的學習，寫國文、英文作文都是課程中的一部分。

學校、老師、學生甚至補習班對國文或英文作文考科的重視更不在話下。但是有些補習項目名稱卻是「寫作」。筆者對這個名稱的解讀是「書寫」與「作文」合體為「寫作」。這兩者差別在哪裡？

一、書寫與作文的差別

很多人都知道學英語文分：聽、說、讀、寫四技。「寫」

就是佔四分之一的能力。

（一）書寫

書寫屬於較低階的動作；低階的意涵指這個層次行為簡單，例如用紙筆方式在紙上表達文字符號；這種行為即小學生都須做的功課：如書寫某課課文中的詞彙或課文。

有些家長認為寫不就是抄寫？只是依樣畫葫蘆，沒有學習的價值。其實，不管國語或英語，書寫也是一種加深學習與確認學習。例如小學低年級的學習單還有筆順的練習。

除了書寫生字與字詞，小學生中低年級被要求造詞、造句。這就是確認學習者是否真的理解詞的意思，如果可以造出正確的詞句或句子，表示學習者真的理解字詞了。

（二）作文

作文屬較高階的行為，因為這個行為包涵較複雜的行為動作：作者須安排方塊字的秩序，排列成句子與詞彙，然後組合與組織句子與辭彙，加上表達自己的思緒與想法說明題目或表達對某議題的看法。

因為這排列組合方塊字、詞、句子與所表達語文思想層面涉及很廣泛，包括作者的國學程度與個人的生活環境與背景。

二、書寫

　　讀者認為手寫與印刷處理方式不同，應該只有手寫才有「寫」的問題嗎？用電腦文書處理方式，應該沒問題吧？「寫」看似是簡單行為關係，但必須先有收視（視覺輸入）的先決條件後，才會有產出（輸出結果）的行為。

　　以下舉例說明「書寫」的涵蓋範圍：學習者對文字的視覺辨識，與學習者對文字符號的產出。

（一）文字符號的視覺辨識

　　以下舉一個有趣的事件，也是實際國小學生對英文文字單位的認識有關。

　　例如當英語老師問小一學生：

　　My name is John.　這個句子有幾個字？

　　有些學生很快的回答：4個。
　　有些還要數一下，然後回答：12個。
　　請問讀者你的答案是4個還是12個？

　　很多數學生的答案是：12個！
　　這個答案表示什麼問題？

問題：

1. 不知道空格的意義。

2. 將「字母」（letter）與「字」（word）的概念混為一體。

3. 還有其他相關「寫」的問題。

　　1.與2.兩個錯誤的觀念當然影響學習者視覺上對文字符號的辨識，當學習者無法識別時，書寫（產出）文字符號恐怕也不會正確。

　　1. 空格在英文中的功用是：區別單字。請看以下三組的區別：

MY　　　與　　　name，

name　　　與　　　is，

is　　　與　　　John 中間空格。

　　　　所以，這題的答案是四個。（以下例子空格較大只是為了標示清楚，以上頁例句空格才是正確。）

My　　name　　is　　　　John.

　　空　　　空　　　空

　　格　　　格　　　格

2. 如果學生的答案是十二個，學生是計算這個句子所有的

「字母」的總合，很明顯的，學生把「字母」與「單字」混為一體。

不過，問題是：老師的問題並沒有很清楚的界定哪個（字）與哪個（字母）。因此，學生的錯誤想法也不為過。從此例中可看出教與學，息息相關。

（二）文字符號產出

檢視台灣小學生寫英文作業時，發現學生書寫的一些特殊情形，她們會把This is a book. 寫成Thisisabook.

這個問題原因有二：

1. 辨識：

讀者一定想：難道學生眼睛有問題？沒看到有空格嗎？

讀者一定可以看出錯誤示沒有「空格」。沒有空格的因素與「辨識」有關外，這個問題與中文書寫方式有關。

2. 產出與移轉：

這個寫法是將中文的書寫方式移轉[1]到英文書寫。因為中文每個方塊字中間，甚至詞與詞中間是沒有間距。讀者如果仔細檢查本段的第一句：「這個寫法是將中文的書寫方式……」。

前面兩個方塊字：「這」與「個」中間是沒有空格，後面的每個方塊中間都沒有空格。但是以上面英語句子為

---

[1] 移轉（transfer）：很多學習者因母語的學習過程，將母語與母語的學習策略方式，應用到外語與學習外語或第二語言的學習方式與策略。

例：This與is中間是有個空格；英文是以空格來區分單字，但中文沒有這個區分方式。所以寫出以下這樣句子的人對英文文字符號的認識與英語文的了解並不完全！

Thisisabook.　（×）

所以「寫」不是一個單純抄寫的行為，「書寫」英文無論是單字或句子反映了兩件事：1.學習者對該語文文字符號的視覺辨識，2.學習者對該語文的基本產出能力。

視覺認識與書寫產出

　　前一篇提到書寫空格的問題，筆者也聽過小學老師對這個現象的說法：也許手寫的關係，所以無法掌握空格。這樣說明書寫（沒有空格）的原因，這個解釋以書寫者的生理發展作依據。畢竟，小學生手腳的控制靈活度不如成人；的確，國小學生的手、腦協調，還在成長中。

　　通常四年級或以上的國小學生，寫國字通常沒有太大的問題。如果這個推論沒錯，那麼，四年級的學童寫英文字時應該不會犯錯了？何況，英語課文也表示地很清楚，每個單字的中間有個空格，為什麼學生不會空格？

　　其實很多人認為：「寫字」就是把他們視覺裡的文字符號依樣畫葫蘆；如果這個假設可以成立，那麼，教科書上或書上都有空格，那學生應該會留空格吧？

　　但為什麼沒有呢？

　　怎麼寫成Thisisabook.呢？

　　眼睛有問題嗎？

用電腦打字，不就沒問題了嗎？

讀者也許想，現在都用電腦寫作業，用手寫才會有問題！其實不然，不只是小學生書寫有問題，筆者的經驗是大學生也有類似例子。例如有一次筆者要求非英語系學生交作業，依規定他們必須是用電腦將作業打字後繳交。雖然發生以下例子的數量不多，以一般人數算，還是具相當比率。他們的共同點也是沒有空格和標點符號的問題。

例如，這位學生將三個句子打成這樣：

I bought two books.one is blue and one is red.cathy likes……

以上例句，錯誤的地方用底線標記。正確的寫法是：

I bought two books. One is blue and one is red. Cathy likes……
空格　　　　　　　　空格
大寫　　　　　　　　大寫

學過英語文的學生都知道英語文句子結束是以句點標示。但不是所有的學生知道句點後面需要空格。也就是句點與接下去的第一個字的字母中間需要空一格。如第一句最後一個字books後的句點，至少須空一格，才能接下一句的第一個字One。

同樣的第二句的最後一個字red也須空一格，才能接下一句的第一個字Cathy。（傳統的寫作教科書規定空兩格，較新的教科書只規定一格。）

　　大部分學生也知道每一句子的第一字的第一個字母須大寫，如例句中的One與Cathy。很多小學生，尤其是低年級，不一定知道，知道也不一定作得到。

　　對他們而言，這個大、小寫的概念太抽象了，尤其中文並沒有這個規定，所以書寫另一個語言，不是像大多數人認為的容易：大部分的人認為寫英文單字或句子，只不過是把abc符號組合成的單字依序用鍵盤表現在銀幕上，或將字母符號組合成句，然後將句子用鍵盤表現在銀幕上。

　　對小學生而言，即使用鍵盤，他們須執行對這個語文文字符號、語文單字、詞彙、句子結構的理解與認識，並表達出來。

　　如果，他們對英語文這個語言的理解不完整或不清楚，他們的執行能力，當然將產生問題。所以無論手寫或鍵盤表達，都不是重點也不是問題。「認知」才是癥結所在。

　　讀者回想一下，以前讀小學時，學寫國字，不都要抄寫好多次，好多行，甚至好多頁，才記得住哪個字的筆畫與筆順？寫毛筆字時是否感觸更深？

　　學習語言不能只是如鸚鵡般的模仿或依樣畫葫蘆，沒有正確的認識與理解任何學習過程無法自然順暢，沒有時間的磨練與練習無法達成學習。

書寫與換行

　　21世紀3C產品幾乎無所不在，因此手寫的機會越來越少。因此很多人忽視用手寫字的重要性！筆者甚至聽過有人很不理解，為甚麼有英語老師要學生寫草寫的英文字母？[1]

　　筆者小時候也曾因寫字寫到睡著，因為老師給的功課是抄寫課文好幾遍。即使母語文字的存在是無孔不入，每個人對母語文字的認識絕對夠，但在基本教育中，學校老師都會要求學生作很多次的練習。可是外語學習又是不同的情景，因此筆者對於書「寫」外文的看法，還是保留態度。

　　書寫時通常會受到空間的影響，畢竟手寫較無法掌控間距，但打字時就可以。目前不管哪個階段，台灣很多老師要求交報告都是用電腦打報告，而電腦軟體主動處理很多版面問題。所以空間或間距都不再是一個大問題，不過這樣的方便是否有助學習外文？或對外語文的基本知識有益？

---

[1] 這個議題牽扯到書寫時，線上與線下的連線問題。

一、期末考試

　　以下再舉例說明書寫時，空間對語文認知的影響。每年到了改期末考考卷時總是會碰到這樣的情況，因為期末考通常都是紙筆測試，當英文書寫一行到最後時，因版面問題，必須換行，請問怎麼辦？請看下面例子：

Once upon a time, there was a
princess whose name is Snow White.　She wa
nted to…

　　少數同學會寫出以上這樣的句子。如果最後一個字是wanted，但是空間不夠了，只能放下兩個字母，於是先寫wa然後把-nted寫到下一行。學生的藉口都是：沒空了啊，又來不及了！

　　筆者還是菜鳥教授時，都很嚴厲的要求每個本行英語文學系的同學，寫英文字就是閉眼寫，睡覺時寫，都不准這樣寫！因為這樣表示他們對英文「字」與字的結構的認識不夠！英文字彙裡沒有這兩個字：nted與wa！正確的方法是：she後面就空下來，換第二行寫wanted。

Once upon a time, there was a
princess whose name is Snow White.　She
wanted to…

通常學生都會說：she後面會空很多啊！

答：就空下來，留白也是一種方式。

很多例子反映學生對語文文字的看法較簡單，在前幾篇文章裡的例子都反映了語文學習者對目標語文的認知的程度。

二、書名

再舉一例，以下是在某一網路板面看到的例子，這些英文都是三書本的書名：

The Very H ugry Cat	Arthur's N ew Puppy	One Fish T wo Fish

筆者第一個反應是：做這個版面的人是否知道問題在哪裡？讀者看出端倪了嗎？

這樣是非常危險的做法，因為這樣的書寫完全違反了英語拼字規則與書寫規則。這個例子反映了書寫不是只是將文字符號用紙筆畫上去或放到視線範圍內。文字的表達必須有意義，書寫英文時，當一行寫不下一個完整的字，不可以將字切開寫。

如第一本書第一行最後一個字應該是Hungry，如果把字切開，這第一例子第一行最後是一個字母H，即使這是可以成立，

但第二行第一個字，ugry就無法成立，英文裡沒有這個字。

第二本第一行最後一個字New，第三本第一行最後一個字Two，也一樣，都不可以切開，當寫不下時，寧可空著，換行寫。

讀者應該會說因為程式設計是為中文設計，因此寬度不適合英文書。沒錯，這個例子更證明了，中英文不同的地方，絕對不可以把中文的書寫方式與版面，直接轉給英文使用。也不能認為中文怎麼寫，英文就可以依樣畫葫蘆。

正確的寫法如下，即使右邊留下較多的空白，也只能空下來，不可以硬擠，把字拆開寫。

The Very Hungry Cat	Arthur's New Puppy	One Fish Two Fish

方向與空間都是抽象的概念，但當把這兩個概念放入書寫時，尤其書寫外語時，馬上可以看出學習者對學習目標的概念是否清楚。所以為什麼大學聯考有一項是手寫翻譯與作文。這兩項題目很明顯的除了讓考生展現寫的能力，還有測試考生是否真的掌握對英語文整體的正確概念；從筆者的經驗，即使一般大學生紙筆書寫的技能還是有進步的空間。

文書寫提到將文字符號寫在紙上，這樣的舉動不是依樣畫葫蘆，當學生把符號寫紙上，他們的產出代表學生對學到一切

表達出來，老師也可以由學生的作品，判斷到底學生學到了多少。

　　當學生犯錯，表示教學與學習需要再加強，老師自然可以調整教學方式，學生也須重新調整學習心態與認知。

背單字是苦差事嗎？

　　很多學生認為背英文單字是苦差事！有時候背一堆還不見得可以拿一堆分數！因為拼錯了，少了一個字母，或多一個字母。要不然就是用錯字母，要不然就是字母都對了，但是排列組合錯誤！即使是考選擇題，有些單字看起來很像，不過是差一個字母，怎麼差那麼多？

　　如：

desert　　　　沙漠（名詞），逃兵（動詞）

dessert　　　　甜點

長得都很像，意思差很多啊！唸法也差很多！

第一個字desert有兩個念法，意思卻天壤地別：

重音放第一節 [`dɛsət]，沙漠。

重音放第二節 [dɪ`zɝt]，逃兵。

第二個念法與第二個字dessert念法是一樣。兩個字不過就是差一字母s[1]。

---

[1]　幫助背誦：甜點需要很多糖（sugar），所以甜點dissert需要兩個s.

筆者也常被考單字，如果不知道怎麼拼，或不知道該字的意思，一定會被揶揄。英語文學系的學生更不用說了，如果被考了，答不出來就遭質疑身分。好像英語文學系學生等同英語字典，或他們應該認識很多字彙。

　　這樣的邏輯也不能算錯，但這種想法是一種迷思。理論上，英語文學系學生應該有相當的字彙量，但也別忘了，隔行如隔山，如果是不同領域的英語文，如政治、經濟、商業領域的專業英語文術語就不是英語文學系學生的本行了！

　　這種英語文系該懂所有的單字的迷思來自一個觀念：學外語第一要件就是學單字。如果基本單字不會，就無法進一步學習。筆者當然贊同這個想法，它的重要性無庸置疑，只是單字所扮演的腳色、學習的方法、字彙的累積與認知不一定是一條龍的邏輯。

　　很多人關心英語學習教育，研發出很多方法幫助學習單字與單字記憶法。筆者認為只要是能幫助學習的方法都是好方法。畢竟，百百種學生，真的需百百種方法！不過有些方法需要注意，有些方法只能引導學生走到某一層次，如果學習者只用單一學習法，也許只能到某一層次，是否可以全方位？更進一步？可能因人而異。

　　以下介紹組裝與拆解法，所有的拼音文字都有這種屬性，可以組，當然也可以拆。組裝法的用意是把元素組合成有意義的單位，方便記憶與拼讀。拆解法也是把一個單字拆成幾個有意義單元，當然也容易背詠與記憶。

也許讀者認為時下有很多參考書厚厚一大本，教導如何增加單字的公式與功力，為什麼要看這一本？但不妨想想，是否提供解釋與理由；本系列書是以解說的角度說明英語文文字結構，讓讀者以理解的方式學習，希望減輕讀者的疑慮，而輕鬆學習。

以下以組合法說明以字義分類的組合單字：複合字與衍生字。複合字是：兩個或兩個以上的單字再組合成另一單字。衍生字是：以字根為主，再衍展出更多組裝成的單字。以下將舉例說明[1]。

一、複合字

複合字顧名思義就是將兩個字或兩個以上的字組合；通常這些單字都是簡單的字，也許可以把字的組合當作組合字義，通常讀音也是把組合字的唸法組合即可。

（一）單字組合

policeman	police + man	警察＋人員	＝基層警員
police officer	police + officer	警察＋官	＝警官
post office	post + office	郵政＋辦公室	＝郵局
toenail	toe + nail	腳趾＋指甲	＝腳趾甲

---

[1] 衍生字與字根詞素的組合有關。

請注意：複合字不一定連在一起，即兩個單字中須空格[1]，如第三例，post office；不一定是用符號連節，如mother-in-law（岳母或婆婆）是三個單字以符號連結成一個複合字；下面兩例則是兩個字連寫在一起。

（二）這一類與翻譯有關

| software | soft + ware | 軟＋體 | ＝軟體 |
| online | on + line | 上＋連線 | ＝上網 |

（三）這一類的字義與單字組合不一定相同，但還是相關，如化妝品與「作畫」make有關，如有些化妝品稱為彩妝。

| makeup[2] | make + up | 作畫＋上妝 | ＝化妝品 |
| lifeguard | life + guard | 生命＋警衛 | ＝救生員 |

二、衍生字（以字根字首加其他元素組裝）

英文單字像植物一樣，會衍生長大。也就是一個單字可以加了詞素（如-ful, -al, -less），而變成不同詞性的單字，字義

---

[1] 空格在英文的字義中佔重要成分，在前一篇「書寫是依樣畫葫蘆嗎？」已說明了空格在英文中的意義。

[2] makeup與made up不同，差在有空格與否，而且字意也不同。前者是複合字（化妝品），後者是片語（復合），所以在「書寫是依樣畫葫嗎？」篇中也說明了空格在英語文的重要性。

也許與原來有關。如以下名詞加了-ful, -al, -less變成形容詞。

名詞		形容詞	
beauty + ful	→	beautiful	（去 y 變成 i + ful）
美人		美麗的	
nation + al	→	national	
國家		國家的／全國性的	
speech + less	→	speechless	
說話／演講		無話可說	

　　記單字時，只要記住字的來源（字根）就可以事半功倍，有時候不只省力氣，還可以省三分之一的力氣。例如以上的例子中，只要記得nation就可以記住三個單字，另外兩字的變化都是來自同樣一個字源，而且意思都相關：

nation + al	→	national	+ ity	→	nationality
國家		國家的／全國的			國籍

　　以上例紅色的字母是重音節，一般參考書都是以字根字首解讀，說明背詠單字與增加生字的功力，但不見得告知或解釋重音節是否移動的原因。

三、另類拆解法

拆解法應該有語言法則根據，不是隨意拆解，最主要的是：是否對語文學習有幫忙？是否會誤導？值得省思。筆者只希望能夠將學習者導向正確的學習路徑。

以下舉例說明，主題樂園（theme park）在台灣也很流行，這個字可以算是複合字：theme主題＋park樂園。

有人將這個字theme拆成這樣：

theme　→　　the　＋　　me
（主題）　　　（那個）　　　（我）

這個字theme很湊巧，真的是兩個單字結合，而且連小學生都會的兩個單字，用這種組合方式，將已認識的字組合後，可以增加很多單字字彙。不過這樣的切割法與唸音或字義都沒有關連，如「那個我」與「主題」應該沒有關係。

這個字theme的第一個字母E就是發E的音，這個字的唸法是[θ im]，最後一個字母E是不發音的。這與拆解後的兩單字發音the + me（如上面）也完全不相容。以上拆解法也許可以幫助拼字或組合字母，但對發音與字義，是毫不相干；對發音也沒太大幫忙，還可能幫倒忙。

再舉一例也是以認識的字來拆解。例如forget，很多學生

都愛這個字，因為學語文，很努力背單字，但老是forget（忘記）。以下拆解方法是以音節方式拆解，以下說明。

forget　→　　for　+　get

[fə]　　[gɛt]

很巧的是這個字聽起來像for + get。沒錯！以發音來說，這個字是兩個音節，就像這兩個單字for+get組合起來。

這樣將一個字拆解成兩個合法的單字是屬「複合字」的概念；不過請注意，組合後的意思與原來的單字組合的意思相去甚遠。例如上面例子for+get（給+得到）不是忘記（forget）的意思，兩個字原來意思與組合後的意思也毫無關連，讀者可考慮是否使用此方法幫助記助發音，但別忘了，這方法可能無幫助字義的理解。

語言知識

　　俗語說因理念不同，認知不同，所以無法達成共識。的確，筆者看過很多學子，因對英文的認識不足，尤其在學習的路上碰到太多外在因素，因此在學英語文的一條路上，有些人走得很坎坷！

　　本單元語言知識希望是讓讀者對英語文的認識多一點，讓讀者在學習的路上可以更寬鬆。

　　還記得筆者是菜鳥教授時，偶爾須做工商服務，客串口譯，雖然非本業，但是簡單的客套式的翻譯還可以應付。

　　有一次為某文教業的外賓翻譯十幾分鐘，題目與如何學英語領域有關，至少這也算是筆者的本行，為了潤飾講員的本意外，還加了少許解說。事後，有位來賓看來像是該文教機構的學生，悄悄的來到筆者身旁，很客氣的說：「你剛剛翻譯的，跟我聽到的，很多不一樣！」筆者當時只能很客氣的說：「謝謝指教。」

　　筆者回家就不斷的自我審思，到底哪裡沒做好？後來，想很久，可能是該位來賓是把很多講員的稿子照字面解讀。套句

英文說：Take it literally！（照字面解讀）

照字面解讀是很多學外語學生的學習策略，因為不知道原由，只能依個人所知解讀。當然，可能是對，也可能誤解。以下以一廣告說明，照字面解讀的結果。

兩個公司雙方人馬在會議廳裡談生意，其中一方說：

Let's lay it all on the table！

說話的人是說：「我們開誠布公，把該說的都抬面上說了吧！」

結果，另一方人馬真的就躺在會議桌上。

沒錯，如果照字面解讀，其中一方說的，可解讀為「讓我們把它躺在桌子上！」

話說活到老，到老絕對不是口號；筆者雖說是教語言學老師，對語言的學習，從來沒有停止，當然也從來沒有停止為學習者找問題、原由與答案。何況，筆者也當過學生，也常對學生說過，從事語文教學不是筆者的一個選項，英文科目也不是筆者的最愛；對英文一科不敢說一直很拿手，但是學文法與背單字片語卻是樂此不疲。因為，筆者認為，多知道原理就是給英語學習一途加持。

學習文法與規則是增加學習功力的人蔘雞湯，如果不懂，就像沒喝雞湯，真的就會躺在會議桌上了！

Simon says
──say單字學習

　　學生一定面對過類似的問題,當考試時,如果把選擇題的選項通通翻譯成中文他們的意思完全是一樣(如下例中的「說」),但是答案只能選一個!

　　學生只好猜猜看或憑直覺。例如下面句子是很多人玩過的英語遊戲:

Simon _____, "Stand up! " 　賽門說:起立!

A. says

B. tells

C. talks

D. speaks

　　玩過遊戲的人都知道答案是A,但知道為什麼嗎?say, speak, talk, tell如果翻譯成中文都是「說」,答案只能選A. says(現在式)。其他的字不可以嗎?

　　在這句裡只能用這個字。其實這四個動詞都有一樣的意思:「說」、「講」、「告訴」。(其他的字義不在此篇幅)。

那怎麼分辨？

　　怎麼知道答案是A呢？如果不同樣的題目，空格的意思也是「說」、「講」、「告訴」時，怎麼辨別？這就是記單字如果只靠記字義，不顧慮應用法的結果。

一、直譯式

　　台灣學生很聰明，認為背單字不夠應付上面的例子，那背句子呢？何況老師也說這樣還可以加強句型學習；於是這個主詞+動詞的概念就更根深蒂固。因此學生就寫出以下的句子，他想表達的是：陳老師告訴我（這件事）。下面的選項讀者會選哪一個？

　　A. Miss Chen says me.（？）
　　B. Miss Chen tells me.（v）
　　C. Miss Chen talks me.（？）

　　這些類似例子經常出現在每年的大專聯考作文裡，他們的意思都差不多而且句型結構都符合文法：主詞＋動詞，但如果不加前後文，真的不知所云。

　　最有趣的是第一句讓筆者想很久，如果沒有前後文，真的要苦思良久！這句話需直譯成中文，原來的句子與意思是：某人說作者不是：He says me.（×）他說我（的不是）。當然英

語不是這種用法。

二、主詞＋動詞＋受詞就好了？

如果不用字義來辨別使用方法，用句型來辨別比較有利於學習單字的用法：這三個動詞都是跟說話有關，以常理判斷，只有人類具說話的能力，主詞應該都是人。

但是中文裡常常可以聽到人們說：「報紙說的！」或「電視說的！」或學生最愛說「老師說的！」、「學校說的！」這幾句裡，主詞不一定是人類，英文可以一樣嘛？

別忘了，句子的主要成分是主詞＋動詞＋受詞。這個公式是非常有用的概念，不過這只是表層的說法。這個公式沒有說明動詞與主詞、受詞的關係與成分。

（一）主詞的成分

say的主詞可以是人（例句1）、文字（例句2）、機構或物（例句3）。以下三個例句就是以三不同的主詞造句。

1. Simon says, "Stand up! " 賽門說：起立！
2. The flyer says, "Buy one and get one free!"
   廣告傳單說：買一送一。
3. CIA says that the man is wanted.
   中情局說此人是通輯犯。

（二）受詞的成分

Say的受詞不會是人，而是說話的內容或引述的內容。請注意兩點：

1. 這些例子中，沒有誰對誰說話，當然直接受詞不是人類。
2. 動詞後面放的是把說話者說的引述出來，即直接受詞就是說話的內容。

三、例句解說

例句一. Simon says," Stand up! "

Say的主詞是人，賽門。此句直接表達引述別人說的話或引述一個訊息。例如讀者想知道賽門說甚麼，筆者直接引述賽門說的話當作回答。

例句二. The flyer says, "Buy one and get one free! "

句二的主詞是文字，任何包含文字的如書、報章、雜誌、廣告傳單均可。想知道傳單或廣告上面的訊息，筆者直接引述傳單、廣告上的訊息當做回答。

例句三. CIA says that the man is wanted.

例句的主詞是機構（如學校、中情局、警察局等）。後面

接這些機構說的事情，間接引述傳達的訊息。

四、標點符號

除了字義，正確使用方法外，請注意例句中的標點符號。台灣的學生很容易忽略標點符號。英文的標點符號與文字表達字義一樣重要[1]。而且，用法不一定與中文相同[2]。

（一）直接引述：需用逗點與雙掛號

例句一與例句二就是動詞後面接逗號「，」然後加括號「""」，雙括號。

（二）間接引述：需加that

例句三動詞後面加that再加說話內容。

造句三要素是主詞＋動詞＋受詞；不過，不是有這三個元素就夠了！因為如果只考慮這三個元素，造出來的句子有可能是中文直譯，或者不合英文文義。

這就是學英語文須注意的眉角吧！

---

[1] 前面「朗讀是一片蛋糕嗎？」提過標點符號語唸讀的重要性。

[2] 讀者有興趣可以參考任何英文寫作參考書（例如The Random House Handbook），這類的參考書都解釋英文中標點符號的意義。

阿湯哥說的
──help多義字的學習

　　如果讀者記得阿湯哥在電影《征服情海》中，想說服他的唯一客戶：要達到客戶要的一切，對方必須讓他幫忙，彼此互助，否則單向發展是無法達到目的。

　　阿湯哥說：Help me to help you！

　　如果照字面翻譯：「幫我來幫你！」，第一個字翻譯成「幫」也可以。其實電影中，阿湯哥的意思是說：讓我盡力的幫你爭取，可是請你不要自作主張，大話連篇，簡直是扯我後腿！讓我做我的事吧，你該做的就是配合我的舉動，不要說大話！

　　所以把故事的情境放入解讀這句話，第一個help比較具「讓」的意思。本篇就以help來說明情境與單字的字義。

一、help多義字

　　前一冊中提到記單字的辛苦，多義字的背詠比其他單字費

力；多義字的用法與認識，除了看字義，還要看情境，也就是在甚麼情況下用哪個字義。這麼多意思，怎麼知道甚麼時候用哪個字？

　　一定有很多學生覺得真的是苦差事。其實，如果把多義字的每個意思的關聯性當成知識或故事學習，也就不會那麼辛苦了。

（一）Help的意思

　　help可以譯成三個中文詞：

　　A. 救命。

　　B. 服務／效勞。

　　C. 幫忙。

　　這三個意思在字面上有些關聯，如果看情境，依字面的解釋，就不合宜，以下一一把字義放在情境中解釋。

（二）意思與情境

1. 假設一人遇到緊急事件需大聲喊叫時，國語是：「救命啊！」英語是：Help！

2. 一般櫃檯的服務人員對客戶的招呼語，國語是：「我們可以為您效勞嗎？」英語是：How may I help you？

3. 當很忙時，找人幫忙，國語是：「可以幫個忙嗎？」英語是：Can you help me？

二、help三個字義

第一個字義：救命，這意思與幫助好像不太有關係。如果讀者注意到，很多網路下載的影集的字幕出現奇怪的翻譯，一個角色在緊急情況用英語大喊Help！字幕卻出現：幫助我！就字面的解釋是正確，說話者的確需要他人幫助，才能脫困，但如果是人命關天狀況，就情境而言，翻譯成「幫助我！」恐怕無法表達緊急意義！以情境而言，解讀為：「救命啊！」較貼切。

第二個字義：服務與效勞，這個意思比help字面「幫助」的意思較接近，用法也較文雅。就情境而言，當住宿客人到櫃檯，通常都是有問題，需要人幫忙，櫃台人員是代表旅館地主，當然要以高規格態度面對客人，所以都是依正式的方式表達，所以解釋為「服務與效勞」較恰當。

學生也曾反駁說：我去夜店，吧檯老外說：What can I get you？

櫃台情境的範圍很廣，因此說話的方式也很廣，在服務業中，尤其航空業與旅館櫃檯面對客戶通常都採較正式的說法，所以用以下兩句算是很正式的用法：

May I help you？

How may I help you？

如果是在歡樂的場合夜店、吧檯，當然可以用其他較非正式的說法。何況，在吧檯當然是問客人想喝什麼，調酒師就依客人需求，為他們取（get）得，所以用What can I get you？在這個情境下很合適。

　　第三個字義：幫忙，這是一般的解釋，也是最常用的字義。也就是本篇開頭引用阿湯哥說的：Help me to help you！

　　不過，還是有學生反駁說：我的老外室友常說：Give me a hand.

　　這也是另一種說法，同樣一個意思，可以有好多種說法，這樣的用法是當說話者與聽話者之間的關係較熟悉的時候可以使用。

　　以上提到很多情境與很多字義，再再說明單字需看情境解讀，不過別害怕，背單字沒有那麼難，如果當成知識性的來學，像將多義字的概念（情境＋字義）納入學習，也就是背誦或記憶單字時將情境與字義一起學習，不但學到單字的真髓，也能正確應用單字，也是不錯的方式啊！

為什麼am叫BE動詞

　　筆者開始當老師時最怕看到學生一種表情：「看到外星人！」筆者是外星人！因為學生完全聽不懂，無法理解，最常得到的反應是：「蝦？」後來，筆者終於明白為什麼英文老師叫ET[1]！

　　有一次筆者與學生討論、分析詞類時：

　　　筆者脫口說：BE動詞不是動詞。
　　　學生也脫口回答：蝦？

　　學生的反應可以理解，讀者也一定這麼想，「BE動詞」後面兩個字不是動詞嗎？為什麼說：不是動詞？

　　學生一定想：老師們為什麼老是說一些令人聽不懂的話？筆者十分了解學生在想什麼，其實應該說，學生們比較容易照字面解讀老師們說的話。尤其對文法規則也是照字面解讀。以下以BE動詞為例說明。

---

[1]　ET可以是指English Teacher，但在史蒂芬史匹柏的一部電影裡ET是指Extraterrestrials外星人。

一、為什麼叫BE動詞？

am，are，is都是BE動詞，但是這三個單字沒有一個字母是B，為何又叫BE動詞？

還有很冤枉的是當學生在答下列題目時，不懂題意，問老師，老師提示：「填入be動詞。」老實的學生真的每個空格都填be，這張考卷拿到鴨蛋的機率很高。

I ＿＿＿ （be） a student.

You ＿＿＿ （be） a student.

John ＿＿＿ （be） is a student.

BE動詞是原式，am，are，is是變化後的BE動詞。當BE動詞遇到主詞是第一人稱，第二人稱，第三人稱時，BE動詞就跟著改變。請看下面三個例句，每一句前半部是單數、現在式，後半句是未來式：

I <u>am</u> a student and I will <u>be</u> a doctor.

我是學生，我將來是醫生。

You <u>are</u> a student and you will <u>be</u> a teacher.

你是學生，你將來是老師。

He is a student and he will be a policeman.

他是學生，他將來是警察。

BE動詞因主詞I變成am。

BE動詞因主詞you變成are。

BE動詞因主詞he/she變成is。

　　可是BE動詞因在will後面，還原為原式BE，所以每一句的後半句will後面都是be。

二、英文文法都是拐彎抹角？

　　對於較率直的學生，想記這些與對象沒有連貫性的名稱與規則時，挫折感一定不低。這樣要視情況而變化，而且可能還要拐幾個彎才能做到正確。

　　如上面的例子中，這三個字am，is，are，沒有一個含字母B，可是還是叫BE動詞。一個句子要看主詞變來（BE→am），然後又看時態又回變去（will + be），好令人頭痛！

　　英文文法規則都會講解哪些「詞類」需要在什麼情況下，如何組合、如何變化。如果這些詞類與情況、組合、變化在中文語法裡並沒有相當的對應，使用翻譯名稱就變成理所當然。

　　當翻譯名稱與詞類之間的關係薄弱時，例如明明am這個

英文字中沒有一個字母是B，可是又叫它為BE動詞；這樣的「翻譯名稱」常常造成學習英語文的困擾，學生即使很努力地記，總是差那麼一點點。

　　其實應該說學生的學習過程中，是先學到「果」。先學am，are，is，再學「因」；然後才學他們（am，are，is）的名稱：BE動詞。

　　倒著走，當然就覺得不順，卡卡的。所以文法就是把他們的關係作個解說，把來龍去脈說清楚。學文法是增加學習的功力，當學生造句時，把每個單字串再一起時，單字與單字放在一起（如主詞I＋動詞BE），就會變化，變化要順暢，就需要潤滑劑，文法就是幫助造句的順暢度與正確度（如：I＋am）！

日常生活中的介係詞

　　學英語文的路途上有一個詞類是很難理解的：介係詞。它有時候有自己的意思，有時後又沒有，有時候取決於前後文。好像學介係詞唯一的方法就是背，因為沒有邏輯可循似的。例如：很多人認為吐都是吐「出來」，所以以為英文應該用out表達，於是用throw out，可是正確的用法是throw up。諸如此類的用詞用法讓很多人認為英語文好難。的確，當介係詞與其它詞類放在一起時需要下點工夫。在美語日常生活中介係詞用途很多很廣，如果把它在情境中學習，介係詞變得簡單容易多了。本篇將說明幾個介係詞的單獨用法。

一、In

　　介係詞in通常解釋成「裡面」或「在甚麼之內」，例如John is in the classroom.（約翰在教室裡）。有時候in具雷同的概念，但意思又不全然。

　　（一）如下例，如果一群人想要集資買彩卷，其中一人猶豫不定，於是有人問他：

A：Are you in or are you out？

你到底是跟（我們集資買彩卷）還是不跟？

B：All right. I'm in.

好，我跟（入伙）。

（二）這個例子的介係詞容易懂，介係詞in是指加入集資團或入伙，相對的如果想要退出集資團就用out。下面例子可從上下文即理解。

以下兩句是電視警匪片中的對白，A聽說B正招兵買馬，他想入伙。

A：I want in.

我要入伙（或算我一份）。

B：Do you have any special skills？

你有特殊技能嗎？（B希望A有特殊技能才能邀人入伙）

（三）如果有人不想玩了，或想拆夥時，也可以說：

I want out.（我要退出）

二、On

　　一般on都解釋成「在甚麼之上」，例如The book is on the table.（那本書在桌子上）。但第二例中的on不能解釋成「在甚麼之上」，如此一來上下文兜不上來。

　　（一）這對白可能是在辦公室中同事們的對話。

　　　A：What about the case C？

　　　　C案子進度如何？

　　　B：I'm on it.

　　　　在我掌握中（或我正在處理中）。

　　以上的例子都只用介係詞就能表達意思，第一句用about，顧名思義about是指如何， 所以第一句不難懂。A問B那C案子目前狀況如何？（或者問C案子進度如何？）第二句用on，B的回答是指：一切都在我掌控中，或我正在處理C案子。

　　（二）下面另一個例子是電視影集中兩對夫婦賭誰的太太先生產，輸的人要給對方賭金。當雙方同時因產婦陣痛到了醫院，雙方互相對嗆，就說：

It's on.（賭盤）開始了！

　　婦女生產可能需好幾小時，也解釋為「好戲開始了！」，或比賽／賭的事件已開始了！因誰會勝利，還不知道呢！這個說法與下面燈「開」著的意思雷同。

　　（三）當介係詞動詞連用，意思不能仰賴字面，例如turn on是開燈，turn off關燈。On是「開」，off是「關」。例如下面例子，A問B某電器品是開著、還是關著？或者問：燈是開著（亮的）？還是關著（滅了）？

　　A：Is it on or is it off？　燈是開著還是關了？
　　B：It's off.　　　　　　　關了。

　　另外表達電腦開機是用turn on，例如John turns on his computer.請不要用open computer，這樣的說法是指把電腦的外殼拆開或把整台電腦拆開。

三、Off

　　如前面所提介係詞與不同動詞連用時，意思截然不同，不能類推，如當off與live連用時是以甚麼過活。例如 Mark lives off roast chicken and whisky. 是指馬克天天吃烤雞喝威士忌酒，off的意思與前幾例「下車」或「關燈」是絕對無關。當介係

詞單獨使用的意思與不同動詞連用時，意思完全無法類推，如
on、off與動詞get連用時，是指可以與上、下車，如下面兩句：

> Mary gets off the bus.　　馬麗下公車。
> John gets on the bus.　　約翰上公車。

第一例的off就沒有「關」的意思。

四、Over

　　習外語時舉一反三、類推的策略在學習介係詞時不是絕
對策略，最好查字典或參考書。在台灣有時候可以聽到人們
說：她太ove了。意思是指「她太過分了」。over在英語裡應
該沒有這樣的用法，以下三個較接近的用法，它們的意思是指
數量超過、越過與結束的意思。

　　（一）數量超過，如people aged 65 or over，指年紀65歲
　　　　　或65歲以上的人。
　　（二）越過，如He's over the hill. 指他的人生已過了尖
　　　　　峰，開始走下坡了。
　　（三）結束，如I am over the flu.我的感冒已（結束）痊
　　　　　癒，或電玩常出現的game over（遊戲結束）。
　　也許讀者認為台灣人都聽得懂「她太over了！」這樣的用
法就可以。的確，語言可以是以某區域使用者達成認同的意思

就可以了。也就是這種用法:「她太over了!」在台灣指「她太過分了!」的意思。但無法類推所有英語為母語者認同此種用法。

本篇所強調的是不要把學英語當作是考試的項目或目標。語言是讓人使用的溝通工具,好比很多人不用懂電腦程式,但都會使用電腦這項工具,只要會開機,會看見盤上的符號,使用文字檔軟體並不是很難。所以,學英語文如果想當作溝通工具,其實沒那麼難!

學助動詞很難嗎？

　　讀者一定以為筆者在這裡講文法規則？書局賣很多文法參考書為什麼要看這一本？本篇是解釋為什麼這些規則要這樣？順便幫學生解釋很多不了解文法規則的問題。很多學生不了解規則，只是一昧死背規則，當然百般不想學，當然覺得好難！好苦啊！

　　學生討厭上文法課，筆者也不例外。即使英文科是筆者的最愛，一上文法課就想辦法作怪，還記得筆者老是讓教文法的老師很頭痛，上課時總是眉頭深鎖！

　　很多學生認為學文法已夠無聊了，還有最討厭是例外，為什麼老是立了一堆規則？然後又有破壞前面說一堆的規則的規則，然後就說是例外！為什麼不能一次說清楚？講明白？

　　例如：

　　　　BE動詞，為什麼當進行式時，不能解釋為「是」？而是「正在」？

　　　　HAVE動詞，為什麼當完成式，不是「動詞，有」？而是「已經」？

否定句要加do，但do加not只能解釋成「不」，而do沒有意思了。

那為甚麼這例句「我不喜歡約翰」，就不能只加not？

I not like John.（×）

這樣不是比較好記？反正do又沒意義。

正確的說法「我不喜歡約翰」是：I do not like John. 與其說是例外，不如說是補充，總有些無法面面顧到的層面。英語的動詞除了表達「動作」與「語意」外，它們還有個很重要的任務：表達「時間」與作這個「動作」的狀態。

動詞自己一個人無法通通達成任務，所以需要借助外力，因此才有一個類別叫助動詞。例如以下這句話需要助動詞DO表是「否定」與「時間」：

I <u>do</u> not like John.（現在）
現在我不喜歡約翰。

I <u>did</u> not like John.（過去）
以前我不喜歡約翰。

如此對照，不是很清楚？也很有規則啊！例如上面的例子「我不喜歡約翰。」用do表示現在式，如果要表示「以前」（過去式）那麼就必須借用did（do的過去式）。

一、助動詞？還是動詞？

一般文法書將HAVE、BE、DO歸納為助動詞（auxiliary）。這三個字，本身也是動詞，如果一個句子裡出現他們其中之一與其他動詞時，這三個字通常都是當助動詞。如上面的句子裡：I do not like John. like是一般動詞，所以do是助動詞幫助表達否定與時間。如何分辨動詞與助動詞，請看以下第二點，舉例說明。

二、助動詞的功用

助動詞顧名思義就是幫助動詞。英文因時態與句型的須求，動詞需要HAVE, BE, DO幫助動詞變成：

1. 進行式（現在式，過去式，未來式）。
2. 完成式。
3. 疑問句。
4. 否定句。

以下例句的規則讀者一定都學過，也被考過，是否老是落

東落西，如完成式：記得加have，卻忘了加-ed；好不容易記得加have，也記得加-ed，但是忘了過去完成式，have還要變成過去式，不是以加了-ed嗎？考得很不理想？或懷疑過，不這樣不行嗎？

I have finished my reading.

（HAVE + PP　完成式，have表現在式）

I am reading.

（BE + Ving　現在進行式，am表現在式）

I don't watch TV.

（DO + not　否定句，do表現在式）

Did you finish your homework?

（Do放句首表疑問句，did表過去式）

三、讀者想問，不這樣不可以嗎？

　　為什麼完成式的公式一定要加have？動詞又要加-ed？可以不加嗎？

　　（一）如上述說的單獨一個動詞不加其他助動詞，只能簡單表示：現在式與過去式，無法表示「完成式」。請比較下面

三個例句。

1. I finish my reading. （現在式）
2. I finished my reading. （過去式）
3. I have finished my reading. （現在完成式）

（二）想要表達現在完成式就需要have + V-ed。

讀者一定想：既然是作了（過去式），不就作了，那就是完成這件事了嗎？那為什麼還要加have？動詞還要加-ed？

這樣想也沒錯，不過，有些事作了，起個頭，不一定表示完成這件事。為了表示完成一件工作，需要不同的表達方式（have + V-ed），請看上面的第三例，以區別與過去式不同。

（三）那如果拿掉一個動詞have呢？就現在現在簡單句，不再是現完成式：

I finish my reading.

（四）如果不加have，只加-ed就是一個過去簡單式：

I finished my reading.

所以一定需借have以表達現在式，主動詞加-ed，兩者一起才能表達現在完成式：

I have finished my reading.

　如此堆疊比較容易表示，當然很多文法書都是一氣呵成，用公式表示（HAVE + V+ed）完成式，雖然容易記住，但也會需要理解才能到位，不會掉三落四，或是覺得背規則很苦。

　可是還是沒有說怎樣分辨啊？這三個DO, HAVE, BE可以當動詞也可以當助動詞，怎知道哪個是哪個？請看下一篇「如何分辨主動詞與助動詞」

如何分辨
——主動詞與助動詞

　　如何分辨HAVE，BE，DO何時當主動詞，何時當助動詞？以下舉兩個方式判斷：一、句子裡有幾個動詞？二、是不是否定句？

一、句子裏有幾個動詞？

　　（一）一個句子裡只有have（或只有BE動詞、或只有do），沒有其他動詞，例如下面三個句子沒有其他動詞。那例句中的had，did，is都是主要動詞。

　　A. I had three cups of tea.
　　　　我（剛剛）喝了三杯茶。
　　　　（過去式have → had）

　　B. I did my homework yesterday.
　　　　昨天我做完功課了。

（過去式do → did）

C. John is a student.

約翰是個學生。

（現在式BE → is）

（二）如果有其他動詞，那麼HAVE，DO，BE都是助動詞。如下面例子中，有另外一個動詞（畫線），所以例句A的is，例句B的has，例句C的do都是助動詞。

A. Mary is <u>going</u> to New York next Monday.

Mary下星期將去紐約。

（進行式，主要動詞 go+ing）

B. John has <u>gone</u> to New York.

約翰已經去紐約了。

（完成式，主要動詞go的分詞gone）

C. You do <u>need</u> a blanket.

你真的需要毛毯。

（現在式，強調主要動詞need）

二、這句子是不是否定句？

這條規則與第一條規則是一樣，（一）否定句中除了DO，HAVE，BE還有其他的動詞。（二）否定句需加not，而not不能加在一般動詞後面，所以一定需要助動詞來幫忙。請看下面三個例句。

A. I don't like tea.

我不喜歡喝茶。

（主要動詞like喜歡，do+not表示否定）

B. He isn't getting any attention.

他沒有獲得任何關注。

（主要動詞getting獲得，is幫助動詞變成進行式，且表否定）

C. We haven't seen Mary for 2 weeks.

我們已經2星期沒看到Mary。

（主動詞seen看見，have幫助動詞變成完成式，且表是否定）

三、反例（counter examples）

　　筆者的學生很聰明，一定找到很多筆者沒說完的或反證、反例；相信讀者已經找到了或想到了！筆者怕讀者誤會，以下舉三例補充。

　　（一）這個句子不就是上面的A也是B？

　　John is not a student.

　　這個句子只有一個動詞，也是否定句，要算哪一條？
　　這是用第一條規則，這句子裡沒有其他動詞。所以它是主動詞。BE當主動詞時，可以直接加否定詞not，不需別人幫忙。只有BE動詞可以如此。
　　（二）還有一種令學生不解的是：上面的規則還是沒有說明以下的例子，因為這三個HAVE，BE，DO兩個同時出現在一個句子裡，怎麼知道哪個是哪個？以下三個例句還是適用第一條規則。

　　John is having a cup of tea.
　　約翰正在喝茶。

I have done my homework.

我已做完功課了。

Mark has been here for 2 hours.

馬克已經在這裡兩小時了。

　　上面三個句子中，前面的才是助動詞，因為它們要幫忙主要動詞（劃線）。幫忙別人是做好事，不怕別人知道，所以當然要先出現。

	助動詞	主動詞
例句 1.	is	having
例句 2.	have	done
例句 3.	has	been

　　（三）被動式的公式是：BE動詞＋PP。

　　例句：What is done is done.　　已成舟.

　　例句中的BE動詞is是助動詞，（所有被動式的BE動詞都是助動詞）後面得過去分詞done（PP）才是主動詞。

戀愛ING
——進行式

　　筆者第一次聽到這首歌時非常不解，因為筆者照字面解釋：「把字母I，N，G，當成三個字母。」因為歌手就是把三個字母分別唱出來，所以跟前面兩個中文字搭不上來。

　　當然後來把歌詞看完，終於了解，這也讓筆者十分體會寫歌的人一定背文法規則很上手，也讓筆者了解台灣學生學英語文，似乎「背」是不外法則！

　　中文中造進行式的方式與英文不同，而且表達方式較繞口，不如這歌名表達方式，很直接，又有趣！這也是一種語言演化的一種，當A語言比B語言表達方式較方便時，B語言自然接收A語言的方式。誠如這歌名一樣，用英文的方式表達「戀愛進行式的狀態」！

　　本篇藉進行式再進一步說明為什麼在前述中，筆者說BE動詞不是動詞。

一、進行式的公式

很多文法書可能將進行式的公式說成：

「BE動詞 ＋ 動詞＋ING」
I　　　am　　　walking.

學生很聽話，遵守規則，他們都會按照公式，把進行式寫成以下錯誤的句子：

（×）I be walking.　　我正在走（進行式）。

另外一種學生很聰明，也很聽老師的話，因為老師很強調：造句時一個句子一定是一個主詞加一個動詞。而這進行式的公式讓聰明學生誤會，因為他們認為BE詞既然是動詞，那麼這個句子I am walking。有兩個動詞：

BE動詞am與動詞walk+ing。

既然有兩個動詞，於是自動省去BE動詞，造出這樣錯誤的句子：

（×）I walking。

二、是規則害我的嗎？

以上錯誤造句一定讓很多讀者想：對啊，我不都是按照老師說的和書上說的規則做啊！這樣也不對，那樣也不對？為什麼都不對？

這裡是公式名稱造成的誤會，進行式中的BE動詞在進行式中，它的功用是「助動詞」，不是「主動詞」，所以才會讓學生自動刪去BE造出錯誤的句子。

為什麼進行式的公式不乾脆說：助動詞＋V＋ing？

因為一般學生很早就學會了BE動詞，現在這個公式叫它為BE助動詞，恐怕只會學生以為是另一個字，且易造成困擾；何況助動詞共三種，BE，DO，HAVE。上面這個公式豈不讓學生以為另外兩個DO與HAVE都可以造進行式？

三、BE動詞的用法

到目前為止本文都說「BE動詞」，很多文法書都這樣稱呼。的確，BE是常常用來當動詞用，而且日常生活裡使用率很高。例如以下兩個句子，出現在任何電影裡的機率很高，他們的動詞am與is就是經過變化的BE動詞。

I'm fine.（am）

It's good.（is）

正確的說法是BE這個字有兩種意思或兩種功用：

（一）當動詞（verb）。

意思為「是」，如下面例句中的意義：

This is Mr. Smith.

這位是史密斯先生。

（二）當助動詞（auxiliary），虛詞。

I'm having my lunch.（am）

我正在吃午餐（進行式）。

以上例子的動詞am不是這個句子的動詞，having才是這句子的主動詞，am變成助動詞，它的功用是幫助動詞have變成進行式having。它無法解釋成「是」，因此沒有辦法給予實質的意義。

通常學生學習第一個用法或意思困難不多，但第二用法困難度較高，因為它與文法規則關係重大，但它與句子的句意關係非常薄弱。

進行式只用BE動詞，所以才會這樣說進行式的公式既直接又簡易，對學生馬上可以上手！

關鍵是：請記得BE動詞有兩種功用，當閱讀或造句時，可以幫助你判斷也可以幫助你造正確的句子。

（一）當動詞

如果一個句子裡只有一個BE動詞（如am，are，is），當然就是主要動詞，而且可以解釋成「是」。

This is Mr. Smith.

這位<u>是</u>史密斯先生。

（二）當助動詞

如果一個句子理有兩個動詞，其中一個是BE動詞，那一定是當助動詞，而且與進行式有關，BE動詞的字意已變成了文法的一部分，當然「是」的意思消失了！

兩個動詞原則上都要變化，如果是現在進行式，則BE動詞要跟主詞變化（BE → am），另一個動詞要＋ING（go＋ing）

I'm going to school.

我正要去學校。（進行式）

哥倆好
——搭配詞

　　搭配詞[1]的意思就是某些字一定與某些字一起出現。有時候他們會勾肩搭背一起出現，有時是相隔幾個字，套句俗語就是哥倆好，哥哥出現時，弟弟也會出現在眼前或不遠處。很多英文學習參考書稱搭配詞為成語或介系詞片語。

　　對這種搭配詞台灣學生覺得很難背、很難記，因為沒有「相關」幫助記憶。可是老師老是要學生背這個、背那個，這麼難！老師不能行行好，給我們好日子過呢？

　　對啊，讀者一定跟筆者的學生一樣，說了半天，老師都是愛叫學生背啊，記啊。請慢慢聽筆者說來，或者讀者可以跳到最後的第四項，看看為什麼老師都要學生記搭配詞呢？

　　以下先舉三種類型的搭配詞，再說明重要性。

1. do the dishes（洗碗盤），do the laundry（洗衣服），
   have lunch，take medicine

---

[1] 搭配詞：Collocation。

2. put on（穿／戴上），put off（延期），put up with
   （忍受），

3. bread and butter（麵包與奶油），pepper and salt（黑
   胡椒與鹽），husband and wife（先生與太太），
   black and white（黑白）

一、英文動詞與中文意思相關係較低

　　這一類的搭配詞關鍵在動詞。嚴格地定義搭配詞字序與
用字、詞是固定的，且不能改變。也不能依樣畫葫蘆換字套
裝。因此學習搭配詞比較難的地方是無法用中文文法規則與語
意邏輯推理。

　　（一）例如洗碗盤與洗衣服，動詞不用wash「洗」字。
而是用do「作」：

　　A. wash clothes（？）
　　B. do the laundry（洗衣服）

　　用「洗」好像很合語意而且中文也是說洗衣服，筆者也問
過美國友人，這樣說法是否可以？他猶豫了一下，回答：聽得
懂你的意思，只是我們（美國人）不會這麼說。在英語文中do
當動詞，在很多辭彙中代替動詞的地位。

A. do my time（坐牢），do與坐牢的「坐」，好像無
　 關連。
B. that will do（這樣可行）。do與「行」，似乎還可以
　 有點關連。

（二）中文說吃飯與吃藥，但英語就是不用「吃」，而是
用have，take。

A. How do you take your coffee?
　 （喝咖啡你是加奶還是加糖？）
B. When did you have your medicine?
　 （你什麼時候吃藥？）

　　例句中的「喝」飲料與「吃」藥都不是用喝（drink），也
不是用吃（eat）。尤其例句「How do you take your coffee？」
的中文意思與英文字面差很多。

　　好比筆者的生活小插曲是與友人到餐廳用餐，當侍者送來
飲料，但是沒有送杯子來，有人就問了：「用什麼喝可樂？」

　　有人不假思索，回答：「用嘴巴喝啊！」

　　當場是有人笑得很開懷，當然也有人不懂，不知笑點，一
直問：「發生什麼事了。」這小插曲說明了語言無法只看文字
字面，情境很重要。

　　英文的搭配詞也是無法只看文字表面。也就是學語言，無

法只學文字表層，也不能老是用母語來移轉或翻譯。如中文也有一句話：依醫師指示「服」藥。

這裡就不會用「吃」字，所以學習外語表達方式不能太堅持以母語邏輯推論。

二、非介係詞片語

有些書稱這列片語為介係詞片語，也有人稱他們為成語；他們的特性是的確有很多介係詞，不過他們的意思與原來介係詞和動詞的本義不一定相關。

搭配詞的另一個特性是：絕對不能舉一反三或依樣畫葫蘆，差一個字意思完全不同。如put on是「穿／戴上」服飾，不能用邏輯想on與off的相反去推理，「脫掉」衣服的意思。

如「上」：get on 上車。
如「下」：get off 下車。

例如把on改成off就可以變成相反詞嗎？如果把put on替代後變成put off，但意思與原來意思並沒有相反，反而不搭嘎。

put on，穿上。
put off，延期。

正確的答案是：

take off，拖掉（服飾）。

正確的答案取決於動詞take，但又好像與「穿、脫」沒有太大關連，與「掉」off比較有關，所以讓學生背起來真得很辛苦。

三、字序取決

第三類意思與字面意思很接近，但是這類的難度是詞序，如在中文裡「黑胡椒與鹽」或「鹽與黑胡椒」沒有差別，但在英文裡字序倒過來就很怪。這個用法與類似的情況筆者都被學生問過，倒過來難道錯了嗎？

如果一定要用中文式來說，中文說：

「夫妻」husband and wife，如果一定要倒過來。
「妻夫」wife and husband?「妻夫」也不符合中文字序。

嚴格說來沒有文法上的錯誤，只有違背語法。筆者通常告訴學生Do as Romans do.入境隨俗，想學好英語文當然要學到地的英語文，不能半調子！

四、為什麼搭配詞很重要？

搭配詞還可以幫助聽力，所以當聽到bread and……時，就可以預測下面那個字應該是butter，當聽到pepper and……時即可預測下面那個字應該是salt。

如果這種搭配詞的詞量夠多夠豐富，考聽力就沒有太大問題。因為你有很多時間看答案選項與作答啊！

近年來，語文檢定聽力考題越來越多元，說話者可能不是百分百以標準的美語發音，考生對說話的人咬字或說話方式、口音不是很熟悉或說話的速度很快，讓人覺得好像吃掉很多字，以下舉例說明。

（一）把bread and butter說成bread 'n butter中間的and好像不見了，甚至好像沒有聽到and。

（二）前面的bread的-d與候面的and連音，變成-dand，整句變成：brea -dand butter

讓人覺得聽得很吃力，考生還須思考有這個字-dand嗎？當這麼一想可能考題已經到後面第三、四題了！

讀者可由上下文幫助證明預測是否正確。假如這一篇文章是與飲食有關，那麼bread and butter與pepper and salt出現的機率很高。

如果是跟穿衣服有關，那麼前面提到了put on（穿上）與take off（脫掉）出現的機率很高。尤其說話人可能將兩個字唸

成一個字，如果考生沒有聽清楚是put還是pot，就可以依理判斷，該是put on一服之類的語言。

（三）Take off and touch down.

take off還有另一個意思是「飛機起飛」，飛機降落landing，或飛機著地（touch down）如果考題與搭乘飛機有關，讀者即可預測這些字詞出現的機率。考生可藉由搭配詞的詞彙量來判斷聽到的文意，不是單靠耳朵來聽單字。

考聽力時搭配詞的概念就能發揮功效，考生就不用在意是否實質聽到每個字，熟悉搭配詞可以幫助預測字詞的出現，考聽力時就不用逐音、逐字聽，而是一整詞與一整句的聽，當然讓人有足夠的時間理解與作答。

不怕考試中說話者的口調清晰與否，或說得太快了，或說考題的人好像吃掉音節，因為你的搭配詞量可以幫你預測與處理很多疑問了！

很多英文老師要求學生一定要記、背搭配詞，因為它們出現在考題的機率很高。背搭配詞不是唯一的方法，多閱讀、多涉獵不同主題，也能幫助記住搭配詞，因為他們出現在文章裡的頻率很高。

我要吃麵麵
——外語與母語的學習方法

　　本篇所討論的是：學外語與母語的學習方法有哪些不同？都一樣嗎？

　　有學理提到外語或第二語言習得的方式是由母語習得的方式移轉。有些語言的習得或學習的確需靠母語的語言發長推理或移轉。不過，下面的例子說明了小孩的母語發展途徑中的一項。

一、母語習得的途徑

　　筆者當家庭煮婦，餐餐煮、餐餐想，有時候是看冰箱裡有甚麼就煮甚麼，有時讓家中讀幼稚園的小孩做決定，一方面藉此訓練小孩做決定的能力。某天吃晚餐時，小孩忽然說：「我要吃麵麵。」

　　當天沒有煮麵，總不能浪費眼前的食物，重新煮飯菜，於是跟小孩說：「明天再煮麵吃。」可是孩子堅持要吃麵。小孩才讀幼稚園，只能好言相勸，但是沒有改變小孩的堅持。

於是搬出大道理諸如非洲小孩都沒飯吃，不可這般無理，也不可浪費食物。可是小孩依然堅持，形成大人小孩兩造賭氣尷尬場面，這時小孩很委屈、不解的伸出食指，指桌上的豆芽說：「我要吃麵麵！」

由上面的例子，對小孩而言，「麵麵」指的就是豆芽。豆芽的確與麵條有共同點：（一）形狀：都是細條狀。（二）顏色：都是白色。（三）兩樣都是食物，

小孩的字彙有限，只能以她們理解的範圍內將同類型的物品歸納後給予同樣的名稱。這樣的途徑是否可以推理到學習外語途徑呢？好像沒那麼複雜？

二、整理與命名

任何身心健康的小孩，都有這個能力，將她們所知的物品加以整理，然後給與名稱。如有些不同物品具某些共同外型、特點；小孩依不同類的物品但具共同特點，給予同樣的名稱，如上述的「麵麵與豆芽。」

一方面因為幼稚園的小孩認知裡大約只有總類詞，總類詞如：食物。當然總類詞下可再分：肉類、蔬菜類、澱粉類（米，麵）等。不過幼稚園的小孩的詞彙無法應付這麼多。

所以如豆芽與麵麵的共同點是細條狀、白色的食物（總類詞），因此都叫她們為：「麵麵。」只不過一個是麵食，一個是蔬菜。

三、語言系統與外語學習

　　學齡前的小孩因理解能力與語言能力上尚處發展中，這個情況只是一個過程。但這個過程與這個例子也讓小孩學習到她的歸類與食物命名須更新。

　　這個過程也可能出現在其他生活與語言例子，小孩從反覆不斷的整理、命名、更新過程中學習語言與語言系統。所以小孩子母語習得的方式是分層次。

　　但是外語學習者可能將這四個生字pasta（麵食），noodles（麵條），vegetable（蔬菜），bean sprout（豆芽），分開單獨學習，他們四個字的相關性與主從屬性可能沒有一起學習，也可能將中文的相關性直接套用。

　　用中文的相關性套用不好嗎？對於這四個英文單字不像以英文為母語的小孩從是從形狀、顏色、功用、種類等歸納而認識這些字的語意；也不像小孩是從使用錯誤中學習如何正確地使用這些字。

　　當然用中文的語文相關性，如上述所說的總類詞、分類詞、食物的分類法，套用到這四個字是很自然的學習策略，這種套用也是學習一種移轉，學習者將自己母語的學習、理解套用到外語學習、理解。

　　一般理解語言的系統相關性並不難，然而上述提到的四個字的歸類在英文與中文中的系統可能是一樣，因現代人的食品

因經濟共同體，食物歸類相去不遠。noodles（麵條）是pasta（麵食）的一種，bean sprout（豆芽）是vegetable（蔬菜）的一種。

四、為什麼要分這麼多？怎麼吃？

二十一世紀了，台灣想吃各式各樣的西餐並不難，何況國人出國的機率很高，所以對於西餐成分得問題不多。不過筆者被學生問過這些問題：意大利麵（spaghetti）為何分這麼多？吃法有不一樣嗎？

自從有谷歌與維基百科後類似這樣的問題就不多了，其實這個問題有個小小問題：應該是義大利麵的本名是pasta（所有麵食的總類詞）spaghetti（長條直麵）是義大利麵其中一種，當然讀者一定知道這些麵的名稱，如macaroni（通心粉），fusilli（螺旋狀）linguine（細條），上網查詢都可以知道，不過非以英語文為母語者，就不是學了名稱就可知道這些名字後，就具有知識。如怎麼吃？怎麼煮？（加哪些食材？）什麼時候吃？這些食材與紅醬、青醬、白醬有何關係？

如果就麵食而言，台灣讀者因為是中文母語者，可能不假思考就知道這些：油麵是台式麵，常常作成什錦炒麵。意麵可以作乾拌或湯麵、牛肉麵。麵線通常是生日時候吃，可以加麻油或加牡蠣變成蚵仔麵線。還有刀削麵、烏龍麵、拉麵等太多太多有關麵食的種類與吃法。這些知識是如何得知？是日常生

活中日積月累。

學習外語不像學習母語是由零開始，循序漸進的觀察、累積、歸納、整理、體會、練習、測試、改進，一步一腳印，積沙成石，在真實語言環境中不斷的浸潤、焠鍊而成。

但是學習外語卻不是，常常是在模擬狀態下學習，可能有些步驟是學習母語不會有，至少觀察、測試、歸納、更新是絕對不一樣。

所有的外語都在教科書上或教材上，甚至文法規則也在教材裡，所有學習都在教室裏，不是學習自己歸納出來的規則，因為沒有真實語言環境可以觀察、測試與歸納，更沒有很多機會糾正後更新。所以學外語想學到透澈，真的要花功夫了！

買一送一
——語言系統與學習語言的關係

　　上一篇「我要吃麵麵」，提到語文系統，本篇再舉一例說明，語言系統與學習語言的關係。

一、買吐司的故事

　　某日因下班晚了，所以近打烊時間筆者才到住家附近麵包點買吐司。剛進門，女店員即親切招呼，並告知本日麵包買一送一。

　　筆者很高興的挑了兩包吐司、兩個瑪芬、兩個紅豆麵包。到結帳時，只有紅豆包是買一送一，其他的項目，吐司與瑪芬都算兩份價格，也就是照原價計算。

　　筆者很不解，於是詢問店員。

　　問：吐司沒有買一送一嗎？

　　答：那是吐司！（表情非常憤怒，聲音高亢）。

　　問：瑪芬也有沒有買一送一？

　　答：那是瑪芬！（表情更誇張地憤怒，聲音更高亢）。

筆者沒有多說，只結帳走人。猜想店員會如此憤怒，可能是今天一整天她碰到很多類似的問題，讓她幾近抓狂。

二、麵包的定義與語言系統

本文舉例說明雖然單字的意思可以用不同語言翻譯，但單字的意思與語言系統，可能因不同語言而無法百分百的傳達真正的意思，而且在不同語言系統裡也會造成不同的邏輯；當然可能還有其他因素。

這小插曲在課堂上與同學分享時，還是不少同學與這位店員具同樣的想法：店員的「麵包」的定義是指紅豆麵包，菠蘿麵包等類別的麵粉製品。店員的「麵包」不包括吐司與瑪芬。

根據Colin Cobuild字典的說法是Bread is a very common food made from flour water and yeast.（麵包是非常普通的食物，是由麵粉，水與酵母製成。

以這個定義而言，吐司應該比紅豆麵包更接近這麵包的定義，因為吐司只有水酵母、與麵粉，沒有包任何餡料。廣義的解釋此定義，麵包應該包括吐司，瑪芬與紅豆麵包或菠蘿麵包。

麵包店店員的想法可能是受到翻譯的影響，這些食物：麵包（bread）、吐司（toast）、瑪芬（muffin）、蛋糕（cake）、培果（bagel）的名稱，有的音譯，有的意譯，無法從文字上看出這些食物具哪些共同點。雖然可以從成分上而聯想到定

義，但不是每個人對這些食物成分與製作很清楚。

很多台灣學生學外語都是靠翻譯來學習字義，每一樣食品單字可能是分開學習，例如將以下單字寫成字彙表後，一一背詠、記憶。至於他們的關連性，可能是用中文的關係想法套用。

Bread，麵包。

Toast，吐司。

Muffin，瑪芬。

Cake，蛋糕。

Bagel，培果。

也許有讀者認為：在台灣我們都是認為「麵包」就是指紅豆麵包或波蘿麵包啊！吐司是吐司，瑪芬是瑪芬嘛！

這種想法也不算錯，畢竟語言的特質就是約定成俗，如某一地區人的使用方法由全區人的共同約定即可。

如果這個邏輯可行，那就是英文的bread與台灣的「麵包」意思不一樣了嗎？

（一）bread（麵包）的意思是上面Colin Cobuild字典的意思，麵包是非常普通的食物，是由麵粉、水與酵母製成。

（二）麵包是上述店員的想法，麵包是指包餡料的麵包，如紅豆麵包或波蘿麵包等類，不包含吐司、瑪芬等。

三、台式英語文？英式英語文？

　　按照上面的邏輯推下來，bread意思是改選哪一種？是學習上述（二）台式英語文的意思呢？還是學習（一）英式英語的意思呢？

　　在台灣因沒有外語環境，學習英語單字絕不像英語文母語者在語言環境中學習，因此外語學習者對文字與文字之間的邏輯關係不是像說母語者學習語言是層層學習，歸納後測試，再歸納出條理與系統，如同上面提到家中小孩對麵與豆芽對中文食物名稱的學習過程。

　　即使台灣西化的程度不低，但也不是每個人的生活都是以西式餐點為主，對於西點的認識當然不可能與英語為母語的人等同。

　　本篇的例子說明了不同樣的語言具不同樣的系統，不見得可以全套用。母語語言、語言系統的學習是從零，全方位從生活上循序漸進，慢慢累積、歸納、整理、體會、練習、測試、改進、更新。

　　外語學習與母語不同，不是僅背詠很多單字、翻譯字意與熟記文法規則，還須像學母語人士般的全方位從生活的每一層次學習，如果沒有這種全方位的環境學習與管道，至少需要這個全方位的學習概念與知識，才能讓學習有個正確的方向。

　　其實相同的問題在前一冊中的三明治議題已談過了，很多

學生對於英語文的認識，不是以歐美的角度學習英語，因為用翻譯名稱學單字意義，容易陷入以中文的角度學習，好比對本篇的理解一樣。

文化與語言

本單元將從生活細節裡說明語言與文化的關係。筆者常看到有些人對於學習語文的熱誠非常高，不過對於目標語的文化卻是分開學習。

這樣的想法也不算錯，因為有時候時間不允許同時進行兩個目標。所以，很多課程變成，語言歸語言，文化歸文化。這樣的切割，有時會容易脫節，這樣的方式，有時候讓學習者用母語的思維學習外語，學習到的也許只有文字表層。

學習初期，只學文字表層也沒關係，但如果一直停留在表層，當學習無法前進，當課程到進階版時，學習者常常碰到太多挫折時，往往就放棄了，豈不可惜？

本單元將從生活細節與片語、肢體語言與單字、文化差異與單字解讀說起，畢竟文化是包山包海，生活細節與簡單手指比劃都是學習目標語的一環！

人與人溝通時，實際上語言佔的比率不是百分百，尤其是在面對面溝通時，肢體語言、臉部表情與當下情境佔相當的比率。因對方可能用手勢、微笑、聲調、周遭環境，給予很

多提示。

當面溝通也會有誤會的時候，這不一定是語言的問題，可能是雙方的想法與認知不一樣，不過即使不清楚、不確定時還可雙方當下溝通、協調、澄清。

這也可以說明為什麼考外語聽力時，常讓很多人沮喪，考試已夠緊張了，加上考聽力都是只聽到聲音、沒有情境、沒有肢體與表情，可以與考題內容結合，更別說互動式的協調與澄清。

少了很多提示，對於聽力較弱人更添加了困難度。別說考試，如果讀者有經驗在電話裡溝通時，即使是用母語溝通時，可能也有些困難度，因為看不到對方，所以很多時候是靠聲音判斷，還有與對方的熟悉層面來解讀對方的意思；更別說是用外語溝通，如果外語的程度不足，那麼難度是否更高？

閱讀考題也有同樣的問題，當考生對考題背景不夠了解，自然對考題無法理解，答題自然不理想。很多考生都認為是語言能力不夠，基本上，語文占一部分，如果字彙與文法不夠，當然無法答題。

考題背景是指考題涵蓋範圍，如大專英文指考與學測考題範圍可以上至天文下至地理。有些考題可與醫學、海洋生態有關，如果考生沒有涉獵某些議題，對這些不熟悉的範圍考題自然吃虧。

時下有些語文測驗包含商業書信文件、政府機關、私人公司行號內部公告或公文，考生不一定是語文能力不夠，而是從

未接觸這類的範圍與工商文件，當然無法成功答題，吃虧的程度可想而知。

筆者曾教授語文測驗類班級，期中考考題內容包含商業書信文件、政府機關、私人公司行號內部公告或公文。學生反應很強烈，他們認為他們不是商學院的學生，所以考試結果不好，不是他們的錯。

筆者的想法是，如果是中文，那麼非商學院的學生，看公司行號的中文文件是否就會看不懂？這是語文的問題，還是領域的問題？

學習英語文與歐美文化，不單指學習廣義的文化，還有是每個領域與每個行業的文化。換句話說，如果對目標語言的文化無論是廣義的或特定範圍的文化認識不夠，可能只學習到目標語言的表層，說不定也會造成某些層次的誤會。

Mr. Big

戲如人生，人生如戲。這句也許是老生常談，在生活中充滿了學習對象與目標，所以學英語文應該也是從生活中學習，而不跳脫生活，單獨只從課本上學習。本篇借電視影集與筆者的生活小篇再把英語文與文化再聊一下。

一、影視資源

有一陣子台灣有個影集很受歡迎：Sex and the City.（慾望城市）其中有一集女主角請Mr. Big喝紅酒，家裡沒有紅酒杯，只有馬克杯，所以女主角就用馬克杯喝紅酒。結果Mr.Big恥笑女主角，好像是大學生過著住宿生活！

筆者的學生以女性為多數，當時該影集是當紅炸子雞，每次上課總要聊一下，筆者也藉機機會教育。筆者很好奇學生知不知道這句話的意思，上課時問學生，因為筆者的學生中女生為大多數，因此七嘴八舌都是圍繞這兩個主角的感情為主，把筆者想問的重點稀釋了。

不過筆者學生的想法也答對一點，男主角是個有社經地位

的人，是大公司的CEO，有生活品味也算是必然的事，對於女主角的文人爬格子和率性的生活，有點不一樣。學生就問了：老師為何要問這個問題呢？（老師老是看不一樣的東西？）

當然學生們也問了一個重點問題：難道所有的美國人或西方人真的那麼遵守規則？什麼飲料一定用什麼杯？

這個問題相信讀者一定碰到，周遭有人曾經說過：好煩！葡萄酒用原形高腳玻璃杯、威斯基酒用低角杯、香檳用三角高腳杯，哪來這麼多杯？

甚至有朋友說：老外沒什麼酒好喝，就用杯子作晃子，像日本料理用一堆彩色磁盤轉移注意力！

當然讀者一定認為這是生活品味，對於什麼食物、什麼飲料，所使用的器皿絕對不一樣。解釋為生活品味也無妨，如果用語言角度來解釋，這就是文化與語言相關的議題。

請看下一篇「聖誕老人進城了」提到，表達一杯酒的量詞片語是：a glass of wine而不是a mug（馬克杯）of wine。就文字解讀，喝葡萄紅酒當然用玻璃杯（glass），不是馬克杯，這證明了語言與文化的結合！

二、生活小篇

美國友人來訪，待客之道總不外乎請喝咖啡。筆者辦公室只有三合一，把粉末倒入杯中，再加開水，粉狀物浮在水中，無法化開，這位友人遲疑了一下，然後就問：

Do you have a spoon?

當時桌上沒有湯匙或攪拌器，於是筆者站起來找，跟友人說：

Hang on.（等等，我去找。）

他聳了聳肩（表示OK，我等），但是眼中的眼神讓筆者覺得非常不好意思，友人知道畢竟筆者在國外待過一段時間，對西方飲食生活規矩不是不懂，居然喝杯咖啡，沒有附適當的茶匙作攪拌器？真的不懂規矩！

這樣的小動作，也許在很多國人眼裡，可能沒什麼，但在講就規矩的外國人就是大惡不赦，犯了天條。

筆者真的有錯！因為台灣喝咖啡太方便了，如筆者常買某台灣連鎖咖啡，他們附木製的攪拌器。即使便利超商也很容易取得攪拌器，習慣了，就忘了規矩。

讀者想筆者會拿什麼樣的湯匙呢？筆者也拿來問學生問題，大部分學生就是一頭霧水，眼神裡又透露出：老師又來了！這什麼問題？不就湯匙嗎？

當有些學生知道老師想問什麼，就回答：那種小湯匙，喝咖啡、茶用的啊！

問：那種小湯匙叫什麼？

答：small spoon?

筆者：a tea spoon.

這些小插曲也說明了一件事，即使是一個小小生活用品（a tea spoon，a glass of wine），簡單的一個單字，一個片語，反映出語言與生活文化的關系，不是背背單字即可進入全面的語言學習。相反的，如果理解了生活與文化，那麼學語言也很容易抓到了重點啊！

聖誕老人進城了！

　　這是一條聖誕節人人都會唱的歌，歌名是：聖誕老人進城了（Santa Clause is coming to town.）。筆者為了應景，通常每年到了耶誕節都辦活動，請美籍老師扮演聖誕老人，到系上一方面是祝賀佳節，一方面是情境教學。

一、不過就是一個杯子？

　　為了讓學生理解聖誕老人的文化意義，筆者為此，請教學助理與聖誕老公公扮演一段即興演出：「小孩與聖誕老公公的對話。」一般美國小孩為了討好聖誕老人，都會在十二月二十四日夜晚，床頭擺放一杯牛奶與餅乾。希望聖誕老公公會因此給予心中想要的禮物。

　　當筆者處理道具與劇本時，請系上工作人員找個玻璃杯。出現以下對話：

　　　　筆者：請問我們辦公室有沒有玻璃杯？
　　　　工作人員：老師，要玻璃杯作什麼？

筆者：裝牛奶。

工作人員：馬克杯可以嗎？

筆者：不行，要裝牛奶的。

工作人員：（一付不解的表情）。

讀者是否有同樣的想法：不過就是個杯子嘛？用什麼杯裝牛奶不都一樣？

二、不可以嗎？

當然喝牛奶對台灣人而言，用什麼杯子都可以。可是對美國人而言，不是只是杯子的問題。這有關生活習慣與語言用法的問題。當筆者把這段小插曲放到課堂上討論語言與文化的關係：

筆者問學生：為什麼老師堅持用玻璃杯？

學生答案：（各式各樣，想必很多筆者的學生都知道老師很挑剔！）

筆者給學生的答案是：美國人通常都用玻璃杯裝牛奶喝。
（a glass of milk）

可愛的工作人員／學生：那我都用馬克杯裝牛奶喝啊！

在台灣的飲食習慣裡，一般沒有硬性規定喝飲料的器皿，倒是筆者的學生很聰明，他們推理說：在速食店，都是用紙

杯，那不就是a cup of orange juice？而不是說a glass of orange juice。

　　相信讀者都知道速食店是沒有玻璃杯裝的飲料，所以用a cup（紙杯）of也不能算絕對的錯。不過，讀者一定知道，在知名連鎖咖啡店裡，如果是在咖啡店內喝咖啡就不是用紙杯裝飲料，有些店家用真的瓷器的咖啡杯或茶杯裝茶或咖啡。

　　速食店的情況適用a cup of（飲料），但這可以說是在速食店裡，如果是一般家庭，還有道地的英文還是用a glass of milk較恰當。所以不是只有語言而已，這個片語也反映出歐美的生活中使用的小器皿。

三、商務艙？經濟艙？

　　回歸主題，當用glass與cup的意思是不一樣，雖然翻譯成中文都可以是指「一杯」，但是英文的意思指用不同器皿裝盛不同的飲料，義涵當然不同。如：

　　　　a glass of wine，一杯（用玻璃杯裝的）葡萄酒。
　　　　a cup of wine，一杯（用馬克杯或紙杯裝的）葡萄酒。

　　一個簡單的量詞（a glass of／a cup of）也反映出英語與以說英語為母語人的生活文化。從語文中學習了兩樣目標，豈不一石二鳥？

時下很多學生有一種想法就是切割學習目標：學單字歸學單字，學文法歸學文法，學文化再學文化，也許這樣比較簡單化，但不連貫的方式行成一件事要學習兩次以上？還有兩、三件事分開學，如何連貫？

　　例如本篇的主題：

　　杯子歸杯子背一次（a cup）。
　　量詞片語另背一次（a cup of tea／coffee，a glass of milk／win／orange）。
　　文化生活另外學習一次（喝不同飲料用不同器皿）。

　　一件事分三次學，事倍功半，難怪學得很辛苦！
　　筆者的學生也很機警的問筆者：

　　問：老師，你不是常出國，那你在機上喝紅酒、香檳時，
　　　　是用什麼杯？
　　答：塑膠杯（坐經濟艙）。

　　學生真得很聰明，那不就是上面的量詞片語嗎？可是如果是坐商務艙，她們是給我玻璃杯喝香檳、紅酒，用磁器杯子喝咖啡／茶啊！
　　其實筆者想要說的是：走捷徑絕對可以省時省工，不過，到底是學道地的商務艙英語文？還是一切從簡？

普克牌臉？

大學很多系所會舉行入學口試或面試，筆者的學生很多想繼續求學，他們與筆者分享他們的口試經驗與看法，一方面他們想了解是否他們做對了，一方面他們也想滿足他們的求知慾。

筆者不外乎也想知道自己學生與考生的想法，以便了解口試的執行方式是否達到口試的功能性。

有一個學生的疑問與學生的語言能力無關，但是不能忽視這個問題與語言表達的關聯性。

學生的問題是：口試委員為何這樣嚴肅？不苟言笑？讓人很害怕！

其實可愛的學生心裡想說：教授們好像不友善！

大概是考試時學生已經夠緊張了，學生不了解口試老師為什麼板著臉（poker face普克牌臉，不苟言笑）是想嚇人嗎？

試想這口試是正式考試的場合，不是輕鬆愉快的聯誼晚會或綜藝節目，更不是home趴，老師們必須身教，當然正式場合，使用最正式的語言，不可能談笑風生。也有些學校為了讓學生卸下心防，也會跟考生閒聊家常，讓考生侃侃而談，但並

不代表這是聯歡會，可以口無遮攔。

在正式場合中，不能用一般親朋好友閒聊的方式說話。如果考題是朗讀文章，不是會話問答，就該以「讀」文章的方式讀出。當評審說：「請（考生）將考題大聲朗讀。」應該說：Yes，然後，大聲以朗讀方式執行口試委員的要求。

筆者常碰到的狀況是信心十足型的考生很可能很高興快速說Yeah或Sure或No problem，然後輕鬆愉快地，快速得將文章說完了。

以上這三種回答Yeah! Sure! No problem! 都不適合口試的場合，畢竟這是一項正式的考試，最適合的回答方是：Yes。

無論入學考試，職場面試時，任何口語式的表達儘量避免。例如電視上常看到很多影集裡，一般美國人對親人與熟識的友人，都以輕鬆自然的方式表達，會把No說成Nay，把going to說成ganna。這些說法不適合與不熟識的人或正式場合使用。

類似如此隨性的用法也出現在作文答題裡，除非作文裡包含對白中，可能可以用此種用法；如果是敘述文本，還須考慮文體的適合性。

還有朗讀比賽或口試時，也不能自動把題目文字改成這種說法，除非考題或文章中包含這種文字。這種把文字省略或滑行的現象通常在一般與三五好友聊天時輕鬆愉快的場合下，可能發生。

但在口試時，如果考生沒有意識到這些差異性，或者根本

不知道這些表達方式的差別，評審可能以為考生不專注或者很散漫、態度不佳。如此考生對自己流利得口語自信心反而帶來負面結果。

如果考生能將一篇文章流暢的讀出來，也不代表考生可以正確的表達與「適當」說英語。「說」流利的英語對八年級生問題不大，這世代的小孩從國小學英語，口語能力都還不錯，很多小孩甚至從小就上美語班，一直接觸外語教師，他們的發音與信心都很強。但能夠說口流利的英語的小孩更該具備正確與相當的英語文知識，才不至於馬失前蹄。

珊卓布拉克在《麻辣女王》[1]電影中第一次面對舉辦「美國小姐」比賽的主辦人說話時，很有個性的珊卓布拉克一開始都說：Yeah。主辦人一直糾正她，要珊卓布拉克說：Yes。

因為主辦人認為一個代表美國的參賽人，將來可能代表美國參加世界小姐比賽，一個美國小姐除了雍有亮麗外表外，談吐也要得體、適人、適情、適事，何況她們是第一次見面洽談公事，無論如何，需具正經正確的態度與方法說話。所以說，一個簡單的回應單字，可以表達一個人的態度語說話的正式性與適合性。

---

[1] Miss Congeniality

爺爺再見！

筆者常常對學生說：「會講英語人人會，但說的得體嗎？」恐怕不是語言的問題。得體與否，應該與很多議題有關，以下是筆者碰到得幾個小插曲，每個故事都是與英語言文學習者對英美文化認識得一個檢視。

插曲一

華人文化裏強調敬老尊賢，對年長者總是給予尊敬，但是美國人對「老」字很忌諱。最近幾年來，似乎台灣很多人也有類似的看法。

筆者讀大學時，一位美籍老師的國語可以應對普通會話，某日上課他看大家無精打采，為了炒熱氣氛，老師賣弄他的國語，跟大家說他知道「青年」是甚麼意思。然後讓大家猜他的年齡，他說：「你們看我是青年人？還是中年人？」大家異口同聲說：「中年人。」他很生氣的說：「我才三十六歲！是青年人！」

其實當時大家都未滿二十歲的小孩，任何老師當然都是長輩，所以回答「中年人」。再說，當時根本不知道老師的年

齡，還有從外國人的外表實在無法判斷年紀。

由此可見這個插曲所引發出兩件事：台灣學生對老師的尊敬，將老師看成長輩的觀念，對在當下的美籍老師幾乎是大不敬。另一個是台灣人對年齡的界定與美國人大不同。

插曲二

筆者在美國讀研究所攻讀博士學位時，指導教授到大陸參訪，回美後某次聚餐時，學生總是找話題聊天，有人問教授去大陸時甚麼事讓他較印象最深刻？

他先是乾咳一下，笑一下，看看一旁華人學生們，想了一下，然後表情很尷尬的說，他去幼稚園參訪時，小孩子們都叫他grandfather，教授又乾笑一下，他說尤其當他離開學校時，全部小朋友站在門口揮手，且大聲的說：Good bye, Grandfather!（爺爺再見！）

嘴巴雖然說，這是一個很奇妙的經驗，但指導教授說完又尷尬的笑，一旁師母是直翻白眼，眼看氣氛不妙，同學們趕緊改變話題。

這個情境與某正要到大陸訪問時，孩童們齊呼「連爺爺」，讓當事人笑得合不攏嘴的情境，真的大不同。

當時教授才五十出頭，對美國人而言正值壯年，被叫成阿公，的確非常尷尬。另外以美國人的看法是不可以隨便叫人爺爺，這是告訴對方很老的意思，何況非親非故的，這樣的情境可以套句台語：「半路認老父。」

因此，小朋友尊稱指導教授沒有達到效果，卻讓教授非常
尷尬；雖然教授理解中國民俗，但是師母的反應激烈，可以證
明對美國人而言，一聲grandfather不但碰觸了年齡的禁忌，侵
犯了美式家庭成員範圍，簡直是太過分了！

　　不過話說回來，很多美國教授都是典型的蛋頭（egghead），
即這些學者通常用腦過度，所以很年輕頭頂就禿了，光滑圓圓
的頭頂就像蛋一樣，所以英文稱學者為「蛋頭」。當時老師髮
色較淡又稀少，大部分台灣學生或大陸小孩可能以為學者一定
都是德高望重，不難讓人以為教授年紀很大。

　　例如一部美國電影[1]中女主角的家庭聚會裡，才結婚不久的
女主角跟大家宣佈她懷孕的事。以華人的家庭想法本該是件喜
事，但是她的母親卻是一臉不悅，她原本認為女兒才高中畢業就
結婚太草率，這時女婿很高興的叫丈母娘：grandmother，母親
再也忍不住了，氣的將桌巾丟下，揚長而去。接下去只要有人
提阿嬤的事，她一概抓狂。

　　這個情節說明了，美國人不認為被叫阿公、阿嬤是件敬老
尊賢的事，或者當阿公阿嬤是件歡喜的事，他們認為是這個稱
呼表示自己老了。「老了」對美國人還有一種可能的意涵就是
「不行了！」當然這種長輩的身分不一定帶來喜悅，這種想法
這跟華人對「長輩、敬老尊賢」的想法大不同。

---

[1]　電影：Term of endearment親密關係。

白紙黑字

　　延續前一篇的文化差異與解讀，本文談談不同文化的忌諱也大不同。本文標題在台灣如果以國語的解讀，是指當雙方交流時，或交易時，口說無憑，為了慎重起見，還是有白紙黑字立下雙方所同意的事，作為憑證，較為可靠。不過真的用墨水寫字在白紙上，在華人民間文化還有另一種意思。

　　二十一世紀是地球村的概念，人們的交流是越趨頻繁，文化交流也變成一個自然的現象；在國外，台灣留學生每到節慶都想要展示文化，尤其是過農曆年一定舉行些活動，一方面給自己慰勞，一方面也可以做外交。

　　筆者當留學生時通常同學會都負使命感，一定要好好的宣傳文化。當時大陸還沒有全部開放，所以老美對神祕的華人文化，還是很有興趣的。

　　台灣同學會向學校申請，租場地辦活動，同學們也很愛藉機放鬆一下，解鄉愁。會場擺好幾個攤位，有吃的、喝的、看的、玩的，應有盡有。

　　最受歡迎的不外寫毛筆字那攤位，過年不外寫春聯，當老美看到有人當場揮毫，嘖嘖稱奇，對他們而言就像拿油漆刷

（brush）[1]畫畫。

春聯貼在攤位上，一條條龍飛鳳舞的字，對他們而言就像抽象畫，當然老美不外問這字些甚麼意思，這時真的考留學生的文墨。還有現一下台灣學生的墨寶！至於老美不管懂不懂，自己會不會，反正過年，have fun！（好玩就是了）.

有心的老美甚至想學寫毛筆字。其實，他們最感興趣的是用中文寫自己的名字，所以要同學寫他們的名字，為了讓他們高興，先問他們的英文名字，音譯成中文，然後用毛筆寫下來。

當然也有隨他們點菜，想寫哪個字，就翻譯成漢字寫下來，然後送給他們當紀唸品；也有人想要知道自己的12生肖屬性或星座之類。寫到後來，紅紙用完了，臨時哪裡找紅紙？又天黑了，只好用白紙。只要讓賓主盡歡，何樂不為？

第二天，出了寢室，看到室友門口上，貼箸一張白紙黑字，差點沒笑破肚皮，想想華人甚麼時候會將一張白紙上寫黑字貼在家門口？雖然這個禁忌台灣也不常見了，不過，筆者偷笑了好幾天，又不敢說，深怕忌諱。

---

[1] 中文毛筆翻譯成英文可以用brush或writing brush，而brush在英文的字義之一是油漆用的刷子。

Ghost？

　　說到忌諱真的是不同文化，意義完全不同，當然碰到翻譯時，真的是lost in translation! [1]（因翻譯，真意流失。）

一、有人的地方，就有生意？

　　筆者留學美國時，放假時當地的親朋好友都會盛情邀約到她們家作客，除了筆者除了飽餐一頓，也可暫時停留在國語的世界，忘記現實生活中異鄉做客的心情吧？

　　美國假期時，所有的親人一定回家團圓。某日大概是小孩太愛玩了，不想念書，長輩動怒，用台語罵小孩，說「啊哪蕪塌冊，大漢去楊肥好啦！（要是不讀書，長大就去挑糞吧！）」

　　這個被罵的小孩其實已是讀高一的大男生，他的台語還可以應對日常生活對話，但對「楊肥」（挑糞）兩字，不是很懂，於是偷偷問筆者。筆者只能避重就輕的解釋。他不但不生

---

[1] Lost in Translation. 2003的一部電影，台灣翻譯為：愛情不用翻譯。電影述說一位美國過氣的演員到東京拍攝廣告，因不會日語，一切需透過翻譯員幫忙，當然因翻譯產生誤會或趣事。

氣，很高興用英台語夾雜說，「這行業說不定會賺錢，只要與人的生活有關，那就是有人的地方，就有生意。」

　　早期台灣對於身無一計之長，又沒讀書，認為只能從事勞力的工作，這種必須沾染污穢的工作，是種忌諱（因為以前是人工徒手工作，不是用水肥車抽取），跟這美國長大的小孩想法，完全是兩回事。

二、鬼子？

　　另外一個故事也是美國小孩具有類似的想法。當一堆旅居美國的人聚餐時，不外乎是吃吃喝喝，大人吃喝，閒話家常。小孩子不想聽大人老是說自己如何，要不然就是談些陳年往事，也許是聽不懂，就會作怪。大人就想辦法給小孩們看電影，當然是一些歷史相關影片，順便學學歷史，還有學國語，可想影片只有中文字幕。

　　當天看到的是抗日戰爭影片，對白中「鬼子」一詞不斷出現，當然又有小孩又問，「甚麼是鬼子？」筆者不想教壞小孩，就直譯成ghosts，他也很高興的說，「對啊，人死了不都成鬼嗎？如果真的成鬼，就可以穿牆？哇，那也不錯！」

　　的確是：Lost in Translation.當有些字詞，經過翻譯，有些義意無法僅靠三兩文字傳達，很多含意還是需要加以潤飾說明，才能達到文義！相對的，學一個語言，也不是單靠認識單字和文法就很窺視該語文的全貌！

珍珠奶茶

　　近年來台灣珍珠奶茶[1]風行全世界，應該是另類的榮譽。大概很多老外對珍珠（粉圓）接受度很高，可是這樣的結果讓筆者回想起以往的經驗有點驚訝！

一、魚眼

　　可是回想多年前，筆者留學美國時粉圓可沒有這種受歡迎的榮譽，當然也有可能當時，讀書的學校在美洲大陸內地，民風保守吧？

　　當媽媽們寄來家鄉食品一解鄉愁時，幾乎留學生都不吝嗇的拿來與同學們分享，在宿舍公共廚房裡享受時，只要有美國同學經過，大家都想做國民外交，請她們吃吃台灣小吃，也讓美國人認是台灣人的好客精神。

　　美國同學總是很禮貌的淺嘗，而且吃之前個個打破沙鍋問到底，一定問個清楚才肯動手吃，其中有一樣（粉圓）她們是

---

[1]　時下飲料店翻譯為pearl milk tea

打死不吃，在不斷鼓勵與熱情邀約，終於有一位男士經不起鼓譟，他的表情很詭異，然後緩緩的說：Oh, they are fish eyes! ...They are looking at me!（啊，魚眼？她們正盯我看耶！）

當時有人大笑，有人很生氣（暴殄天物）？有人不懂（怎可如此沒禮貌！）留學生的生活一切從簡，提供粉圓的同學只是很簡單的將粉圓煮熟後加糖水。的確，筆者仔細看粉圓，有幾顆可能沒煮熟，外層棕色透明，核心有個小白點，猛看還真的有點像fish eyes!（魚眼）

二、雞頭對誰？

還有一次，筆者好不容易翻山越嶺從唐人街（China Town）買到幾尾秋刀魚，也是在公共廚房洗淨時，大概味道很腥，已經有幾位同樓的美國同學探頭。一般美國同學都不會有太大的抱怨，只要不持續太久，對怪味道，他們頂多會出現在面前，表示一下他們對味道的看法。

放入烤箱後，食材新鮮，當然香味四溢，所以從烤箱拿出來吃時，自然引來聞香客，可是她們都是看一眼就走開。

筆者心想還好，否則真要做外交筆者可要少吃很多，吃到一半，終於有人忍不住了。

他說：How could you eat them? They are looking at you!（你怎麼吃的下？它們正在看你啊！）

他說話的表情好像筆者犯了滔天大罪！

大部分美國人，尤其是不靠海的州，她們吃的魚是很少整條魚端上桌。通常都是去頭去尾，這種沒去頭去尾整條的魚，還不是到處可買到，一般超市只賣處理過的冷凍處理過的魚塊，可能是炸過或烤過的fish cake（魚餅）；所以對有些美國人而言，這樣的整條魚的吃法是無法接受的！還有另一個可能是：魚腥味道比較重，更嚴重的是，對她們而言與魚對眼相看，令人食不下嚥。

　　除了魚，美國的雞、鴨、火雞上桌前，一定都是去頭去腳，絕對沒有雞頭對準任何人的機會。因為她們認為無法面對要吃下肚的動物,她們認為要與被吃掉的動物四眼相對。如同用眼睛告訴對方：你將被吃掉！豈不讓他們太難過了，而且太不人道。

　　所以英文中有四眼相望的時刻，說法是：

　　I am watching you!
　　我緊盯你。（你給我小心！）

　　另一種用法，當美國人要對方說實話時，一定要四眼相對，然後說：

　　Look me in the eyes.
　　（眼睛正視我，給我老實說）

找Who？

筆者教書多年，不敢說桃李滿天下，教過的學生數目不小。有些學生非常懂禮貌，總是在教師節寄來一張卡片，或者寄來一封電子信，或電子卡片，讓筆者高興好幾天。

當筆者看到落款時，筆者就要想很久，簽名只有一個英文名字Cathy，這是哪位啊？

假設筆者教過每一班都有位Cathy，那麼筆者當時至少教過五十班，那就是有五十位同名的可能性。因此在第一次碰到這種情況時，在上課時說明了姓與名在美國的大學校老師點名的方式。通常老師會叫姓氏，因為一班裡同姓氏的機率很低，但同名的機率很高，所以以姓氏區別[1]。（第一冊中「007叫什麼名字？」篇也提到名字的連帶議題。）

一、陳林滿天下？

在台灣一個班級裡同姓陳、林、李的人數可能超過十位，

---

[1] 請參考第一冊「大小賈斯汀」篇中提過姓氏與名字的義意。

但是名都不一樣。所以，在台灣都是以名作區別。其實，多年來筆者在一班裡中文同名同姓，甚至同字同音的機率不是很高，教書這麼多年來，只有個位數。

基於這個事件，筆者上課時一定要同學養成習慣，名字後面特別記得，要加姓氏。如果想對老師致意，就更應該讓老師知道是哪位學生傳達訊息。即使如此，Iris Lee, Cathy Wu也實在沒有辦法區別是哪一年的哪一班的哪一位同學。

這個效果不彰也許還不致於損害學生的權益，至少筆者收到卡片時，還是很開心，學生的心意讓人欣慰！但是如果碰到有關學生分數時，事情就大條了！

有些學生不管大考、小考，大、小報告，只寫一個英文名字，如果有學號，還能登記分數，如果沒有，還要看有幾個沒分數，如果就一個，那就簡單了。如果多於一個，那就麻煩了！尤其碰到大型考試，例如期末考，讓人非常頭痛，學生都回家了或甚至出國了，怎麼追人？

二、我有請假！

還有更令人摸不著頭緒的是，有些學生請假，很禮貌的寄了一封英文電子信件，看得出來非常用心的寫，平常會犯的文法錯誤都很少，信中洋洋灑灑表明原由無法來上課等等，最後也是簽一個英文名字。

又來了，如果沒有說明哪一班哪一門課，筆者無法從任何

訊息裡得知是哪一門課，哪一班，哪位同學要請假。如果當天有小考，那就一翻查詢！如果只有一位學生說他有請假也罷，如果不只一人請假，那就有得找了！

三、Mr. Wu？

有次在校園裡與美國人聊天，他很友善的說他認識一位另一華人留學生，名叫John Wu，還問我說是否認識，他還很幽默的說當然不是那個電影導演吳宇森（John Woo），筆者表示認識至少三位同學都叫John Wu。他很驚訝的說怎麼有這麼巧的事？

他表明John是很平常的的名字，可是這種機率實在是太奇妙了，就像中樂透。他對華人姓氏大概不了解，更別提英名字加姓能做出區別機率的高低。

有一陣子一個美國物流公司的廣告裡，送貨員送貨到內地一個村莊，當他說找「張先生」時，當場大家都回應了，因為送貨員到了張家村。對美國人也許認為是種驚奇的經驗，所以想以此當做讓人驚艷或幽默的效果做廣告。

以華人而言，在內地舉凡如張家村、李家寨這種城市以姓為名，而且大部分的人都同一姓氏，是稀鬆平常的現象。反觀美國號稱民族大融爐，人民來在世界各地，當然姓氏五花八門，不會侷限於百家姓。所以在歐美，課堂上姓氏是區分的一種方式。

四、找who？

多年前在美讀研究所時，打電話給一位在系上打工的姓吳的同學，當時電話都要透過系秘書轉接。當電話接通時筆者就說：

May I speak to Miss Wu?	請接吳小姐.
Who?	誰？
Yes, Miss Wu.	吳小姐.
Who?	誰？

在有些地區wh的發音是不吹氣，近年來美國有些地區的人習慣將what說成wat完全不吹氣。所以who與Wu的發音幾乎是一樣，尤其透過電話筒，聲音都會打折。所以對方一直以為筆者要找「誰」。這一位秘書一定很懊惱，怎麼老是有人打電話來找「誰」？

在台灣很多人都用英文名字，但是用英文名字相對帶來的一些議題，當然與學習英語文有關。所以，學語文只是學一個字或一個名，很多相關的議題也需要認識。

紅糖？黑糖？

前一冊「紅茶還是黑茶？」篇中提提到紅茶、黑茶（black tea）、綠茶，食物與顏色關係不小；當透過翻譯時，顏色有時會造成學習上的困擾。

例如：紅糖，國語為「紅糖」，台語為「赤沙」，類似的食品有另一個名稱：「黑糖」，當然顏色是較深幾乎是深褐色，例如沖繩黑糖。如果到一般菜市場買的傳統的紅糖，色澤是較接近棕紅色。這個顏色比較接近英語所說的brown sugar。

與brown顏色有關的一種食物就是糙米飯，英文是brown rice，諸如此類同一樣東西具不一樣的名稱。或者名稱來源還有典故，不可望文生義。對於學習外語的人來說，是一種困擾，再說，學外語除非是專業食品人士或者就讀食品營養或餐飲科系學生，否則一般學生不一定會，也不一定注意食品的英文名稱，這種困擾或許影響背詠動機。

這是多年前筆者到美國的留學生涯的故事，當時沒有網路，更別說DVD，學習外語的資源不如現在。多年前進口食品也沒有今日的普及，現在國人出國機率高，台灣進口食物幾乎與國際接軌，應該沒有這種笑話？

一、沒有很那麼深色吧？

一日一群留學生驅車到超市購買食物與日用品，其中某一人詢問服務人員：Where is very white power?（太白粉，corn starch）。服務人員表示不知道very white powder是什麼，這位同學自認為是他的英文不好。

其實是用錯詞，這時候這一群人又轉頭面對筆者，她們都想，你是英文系的，你應該知道吧？這種情況是經常發生，好像英文系學生都是字典，筆者的反應是：英國文學大豪威廉莎士比亞沒有告訴我啊！美國大作家馬克圖溫也沒有啊！

同樣的問題也發生在前面所提到的brown rice。有一回一堆台灣留學生想吃中國菜，好不容易找學校到附近賣中國菜的餐廳，當侍者問：Brown rice or white rice? 一堆人又看筆者，當她們都知道糙米飯叫brown rice時又問筆者為甚麼，一點都不「棕」啊？糙米飯的顏色比較像卡其色，沒有到棕色那麼深色。同夥的吃飯的同學好像認為筆者不但是字典，還是英語百科全書。

這位買太白粉的同學是把中文直譯成英文。老實說，不能說台灣學生英文好或不好，一般英語文教科書中，多少本是用英語教全部日常食品與烹煮中國料理呢？恐怕只有中英食譜裡才齊全吧？

二、台式蛋糕？

前文「買一送一」篇中提到台灣人對bread的解讀；本篇談談外國人對華人食物的解讀。食品的名稱不是只有本國人的笑話，對外國人可能也有誤解。多年前與幾位聚餐，其中一位長輩在美居住多年，有一回她說蘿蔔糕、粽子的笑話。

逢年過節，她一定請一堆美國鄰居婆婆媽媽吃應景的食物，她說當時美國婆婆媽媽的反應讓他很驚訝，當大家看到蘿蔔糕時，表情就像看到米田共或黃金，長輩想：「也許是顏色的關係。」不過，還好，蘿蔔糕好吃，必須煎到棕色才夠酥脆，香味才會出來。

美國婆婆媽媽非常有禮貌，她們都不斷讚美，但是一個也不動手。不斷的問這是甚麼？怎麼做？材料是甚麼？直到後來有一位勇士嘗了一口，當下說：很好吃！才有人陸續吃。

吃完後，問題來了，為甚麼是鹹的？為何是硬的？什麼材料作的？幾顆蛋作的？蛤？為什麼這沒有蛋？沒有蛋怎麼做糕點？

原因是長輩告訴她們這是rice cake。顧名思義，英文cake的意思讓她們以為是用米為材料的蛋糕，英文的蛋糕就是有「蛋與奶油」製成品。所以她們期望這個食物是如美式蛋糕，用雞蛋作出來的「鬆、軟、甜」的蛋糕。

三、如何取名？

　　長輩也是請外國友人吃粽子時，讓她不知所措。當美國有人看到粽子拆開時，驚呼連連，一直說好神奇！怎麼包的？裡面是甚麼材料？為甚麼要這樣包食物？當然，當把「屈原」的故事說出來時，又有划龍舟的故事啊！這下又讓他們驚奇的說：太好聽的故事！

　　但是沒人動手吃。她們對這一包包的軟軟的，棕色的，一坨坨的東西，上面還有一顆顆黑黑無法辨識的東西，還是不怎麼有意願嘗試。也是有人當了勇士，才解開他們的疑慮。

　　當然筆者又被問了：那是要如何翻譯「粽子」？zong-zi，還是說rice with eggs, mushroom, pork…wrapped in bamboo leaves？前者實在無法與食物作連結，後者太長了，真的好難！

　　這個小插曲與第一冊「早餐吃什麼？」是否具異曲同工之意？這些美國婆婆媽媽用她們的英語文思維邏輯解讀華人食品與食物名稱，可見語言對思想的影響力有多大！

有google啊！

　　筆者的學生很多都投入職場當英語老師，他們對學生的關心可以從他們與筆者的聊天當中表露無遺。他們不外乎想盡辦法如何提升學生的學習動機與成效，但是有一種學生讓他們不知如何是好，筆者也不例外。

　　筆者還是菜鳥教授時的大學學生也有人毫不避諱的說他們真的不想學英文，說這些話的學生不代表他們的英語很差，會這樣說的小孩通常他們的語文能力都還在中上。其實，他們可以學，但不認為學英語文他們有何幫助。

　　　菜鳥教授就曉以大義說：英語是國際語言，碰到老外時，英文就很重要啊！

　　　當時學生很大器的說：我可以請英文秘書！

　　　菜鳥教授又說：你怎知道你的秘書說的是正確的？

　　　學生很自信地說：基本的我都會啊！

　　現在雖然不再是菜鳥教授，程度不錯，但不想學的學生還是很多，而且現在筆者的學生會很有信心地說：有google（翻

譯）啊！

真的，現在二十一世紀了，幾乎網路的資源是什麼都有，什麼都不奇怪！雖然偶爾也聽說網路翻譯機的笑話，但經人工判讀後還是有相當的效果。

有時候筆者也會套用谷歌的廣告詞，當作回答學生問題的答案：

Have you googled[1]？

（你今天上谷歌了嗎？或有沒有上谷歌查資料嗎？）

一、這樣好嗎？

幾年前當智慧手機上市時，筆者講課時，發現有些學生不是滑手機，就傳訊息，雖然沒有叮咚聲但可以看出很忙於手機世界。如果沒有用手機，就是做自己的事，剛開始筆者很傷心，覺得自己講課功力不行了！

筆者對網路資源並不反對，網路的資源是包山包海，如果學生會去找，那也表示學生還有心學習。筆者擔心學生視網路資源為唯一資源，這樣的學習方式較危險，因為如此好的資源竟讓學生畫地自限？

---

[1] Have you googled？此句是把google當作動詞，意思是到谷歌搜尋引擎網站查詢，且用完成式，表示：到講話的時候為止，有沒有上谷歌搜尋引擎查詢資料？

後來，只好以其人之道還治其人，既然學生喜歡用網路資源，藉此機會，機會教育一下。通常，這個方法可以讓學生自我學習，而且相當的一冊提到的「主動學習」。讓學生用他們喜歡的方式學習也是一種教學策略。

當筆者用影片，或是網路資源當作輔助教材時，所有學生的眼睛馬上投射到銀幕上。筆者也從學生的態度上學到一課。因此，在教學大綱或教學過程中都提供網路資源，讓有興趣的同學可以往筆者所提共的網路資源中，找尋他們喜歡的目標學習。

二、不夠哦！

有一天有個大二學生來問問題。有時候筆者會在社群網站上貼文鼓勵學生，這位學生看到了，但是，看不懂。

她問：老師，每個字我都看得懂，可是我不知道你在說什麼。

CEE Boys and Girls, Go!
We've got Taoyuan.
Next, New Taipei City.

讀完上面的貼文，讀者是否也有同樣的問題？有時看文章，沒有一個單字看不懂，可是串起來，卻是不懂。有些學很

聰明也很勤奮查字典，可是沒查到。有些學生很努力讀書，還很可愛的告訴筆者：「老師，我每個字都查喔！我還查了文法書喔！」

這些學生有判斷能力，認為可能是文法問題，還拿教科書給筆者看，上面是寫得密密麻麻的字。像這麼可愛的學生，通常筆者都會一一解讀。

這位來問問題的同學，她的問題不是字典或文法書可以解決，這是背景知識的問題。來問問題的學生是大二，所以不知道筆者是鼓勵畢業的同學，

CEE Boys and Girls, Go!（本系畢業生們，加油！）

We've got Taoyuan.（考完了桃園區的考試。）

Next, New Taipei City（再接再厲！還有新北市的考試。）

筆者給畢業生打氣。問問題的大二學生還不知道將來畢業時會面臨的問題，所以，不知道筆者在說什麼。

致於前面的可愛學生的問題，有時候也是背景知識的問題，有些專業領域無法只看一段或一篇文章就可以看得懂，還是需要老師把來龍去脈，講解一下，在貫穿前後，說清楚講明白。要不然就可能像上面的例子，文字懂了，但意思還是不懂。

以上的例子說明了文字看得懂，不代表意思看得懂，會唸文字，不代表就懂文字，例如可以把單字拼出來，也不能保證

了解單字意思。所以中文有句話說：沒有三兩三，不敢上梁山。畢竟知識不是單靠單一種資源就夠了。

兩本？七本？

多年前至英國倫敦市的泰姆河坐船看沿岸風景，當時想跟船上服務生買一本手冊，金髮碧眼的服務生面帶微笑，很有禮貌的問：

How many?
筆者說：One.（筆者同時又用食指比一）
服務生：One?（她的微笑不見了，滿臉疑惑的再問一次，用大拇指比讚的手勢）
筆者說：One.（比者怕自己不夠明確，再用食指比一次）
服務生：One?（她又用大拇指比一次）

這樣來回至少四五次，終於她眉頭深鎖，很沒把握地給我一本小冊。直到我付一本的錢，她似乎才鬆一口氣。

這件事讓筆者百思不解，直到有一天上課時，論文指導老師提到肢體語言的危險性，因手勢的意義不同，造成誤會時，輕者惹人瞪眼或謾罵，重者可能引來殺身之禍。

原來歐洲人的數數時，用手指頭比畫時與台灣的比法非常

不同。比一個：是手掌向內，手握拳，豎大姆指（如比讚）表示一個或一本；比二個：是用食指，（手握拳，虎口朝前，食指伸直），有點像台灣人比7，或用大拇指與食指一起比手槍的樣子。

　　所以一：大拇指（比讚）

　　　　二：大拇指＋食指（兩指伸直，像比手槍似的）

　　　　三：大拇指＋食指＋中指（三指伸直，像比八）

　　這就解釋了，當時服務生一定認為筆者的手勢說：「買兩本」，但我又口說：One（買一本），讓她非常困惑。

　　雖然說肢體語言可以幫助溝通，不過也可能因文化的差異而造成不良後果。也許讀者聽過其他國家數數的方式。讀者數人數時會怎麼做？用手指頭點人數嗎？還是用眼睛點，心裡數？

　　在某些國家裡，數牛、馬、羊家畜家禽時是用手指頭數，數人頭時，只能用眼睛數。如果反過來使用，恐怕後果堪憂！

　　這樣的文化差異，也許當笑話聽聽增加生活樂趣，不過，要是造成誤會，或是引來殺機，可就冤枉了！

參考資料

Celce-Murcia, M. Brinton, D. Goodwin, J. 2010. Teaching Pronunciation. New York: Cambridge University Press.

Coady, J. & Huckin, T. 1997. Second Language Vocabulary Acquisition. New York: Cambridge University Press.

Collins Cobuild Advanced Learner's Dictionary. 2018. London: Harper.

Crews, f. 1987. The Random House Handbook. New York: McGraw-Hill.

Department of Linguistics at The Ohio University. 2012. 12th ed. Language Files: Materials for an Introduction to Language and Linguistics. The Ohio State UP.

Ellis, R. 2003. Second Language Acquisition. New York: Oxford University Press.

Lane, L. 2013. Focus on Pronunciation 3. White Plain, NY: Pearson.

Ladefoged, P. & Johnson, P. 2010. A Course in Phonetics. 6th ed. 2010. Singapore: Cengage

Prator, C. & Robinett, B. W. 1985. Manual of American English Pronunciation. 4th ed. Taipei: Thomson.

Troyka, L. & Hesse, D. Simon & Schuster 2017. Handbook for Writers. New York: Pearson.

Yule, G. 2010. The Study of Language. 4th ed. Cambridge University Press.

周中天。2006。英語教學新論，台北：文鶴出版社。

Liu, C. K. (劉慶剛). 2010. A New Perspective on English Vowel. Taipei: Crane.

秀威經典　　　學習新知類　PD0073　學語言17

善用語言元素及知識，英文聽說快N倍

作　　　者／黃淑鴻
責任編輯／杜國維
圖文排版／莊皓云
封面設計／蔡瑋筠

出版策劃／秀威經典
發　行　人／宋政坤
法律顧問／毛國樑　律師
印製發行／秀威資訊科技股份有限公司
　　　　　114台北市內湖區瑞光路76巷65號1樓
　　　　　電話：+886-2-2796-3638　傳真：+886-2-2796-1377
　　　　　http://www.showwe.com.tw
劃撥帳號／19563868　戶名：秀威資訊科技股份有限公司
　　　　　讀者服務信箱：service@showwe.com.tw
展售門市／國家書店（松江門市）
　　　　　104台北市中山區松江路209號1樓
　　　　　電話：+886-2-2518-0207　傳真：+886-2-2518-0778
網路訂購／秀威網路書店：https://store.showwe.tw
　　　　　國家網路書店：https://www.govbooks.com.tw

2019年10月　BOD一版
定價：260元
版權所有　翻印必究
本書如有缺頁、破損或裝訂錯誤，請寄回更換

國家圖書館出版品預行編目

善用語言元素及知識,英文聽說快N倍 / 黃淑鴻著. -- 一
版. -- 臺北市 : 秀威經典, 2019.10
　　面 ;　　公分. -- (學習新知類;PD0073) (學語言;
17)
　BOD版
　ISBN 978-986-97053-8-7(平裝)

　1. 英語 2. 學習方法

805.1   108014490

讀者回函卡

感謝您購買本書，為提升服務品質，請填妥以下資料，將讀者回函卡直接寄回或傳真本公司，收到您的寶貴意見後，我們會收藏記錄及檢討，謝謝！如您需要了解本公司最新出版書目、購書優惠或企劃活動，歡迎您上網查詢或下載相關資料：http:// www.showwe.com.tw

您購買的書名：＿＿＿＿＿＿＿＿＿＿＿＿＿＿＿＿＿＿＿＿＿＿＿

出生日期：＿＿＿＿＿年＿＿＿＿＿月＿＿＿＿＿日

學歷：□高中 (含) 以下　　□大專　　□研究所 (含) 以上

職業：□製造業　□金融業　□資訊業　□軍警　□傳播業　□自由業
　　　□服務業　□公務員　□教職　　□學生　□家管　　□其它＿＿＿

購書地點：□網路書店　□實體書店　□書展　□郵購　□贈閱　□其他

您從何得知本書的消息？

　□網路書店　□實體書店　□網路搜尋　□電子報　□書訊　□雜誌

　□傳播媒體　□親友推薦　□網站推薦　□部落格　□其他＿＿＿＿＿

您對本書的評價：（請填代號　1.非常滿意　2.滿意　3.尚可　4.再改進）

　封面設計＿＿＿　版面編排＿＿＿　內容＿＿＿　文／譯筆＿＿＿　價格＿＿＿

讀完書後您覺得：

　□很有收穫　□有收穫　□收穫不多　□沒收穫

對我們的建議：＿＿＿＿＿＿＿＿＿＿＿＿＿＿＿＿＿＿＿＿＿＿＿

＿＿＿＿＿＿＿＿＿＿＿＿＿＿＿＿＿＿＿＿＿＿＿＿＿＿＿＿＿＿＿

＿＿＿＿＿＿＿＿＿＿＿＿＿＿＿＿＿＿＿＿＿＿＿＿＿＿＿＿＿＿＿

＿＿＿＿＿＿＿＿＿＿＿＿＿＿＿＿＿＿＿＿＿＿＿＿＿＿＿＿＿＿＿

11466
台北市內湖區瑞光路 76 巷 65 號 1 樓

秀威資訊科技股份有限公司　　　收

BOD 數位出版事業部

....

（請沿線對折寄回，謝謝！）

姓　　名：＿＿＿＿＿＿＿＿　年齡：＿＿＿＿　性別：□女　□男

郵遞區號：□□□□□

地　　址：＿＿＿＿＿＿＿＿＿＿＿＿＿＿＿＿＿＿＿＿

聯絡電話：(日) ＿＿＿＿＿＿＿＿＿　(夜) ＿＿＿＿＿＿＿＿＿

E-mail：＿＿＿＿＿＿＿＿＿＿＿＿＿＿＿＿＿＿＿＿